LE CHEVAL À BASCULE

AGATHA CHRISTIE

Le Cheval à bascule

Traduction par Jean-André Rey

Librairie des Champs-Élysées

Titre original :

POSTERN OF FATE

© Agatha Christie Limited, 1973.
© Librairie des Champs-Élysées, 1974,
pour la traduction française.

A Hannibal et à son maître

La ville de Damas a quatre grandes portes :
La porte du Destin et celle du Désert,
La Caverne maudite et le fort de la Crainte.
    O caravane,
Si tu dois les franchir, abstiens-toi de chanter.
    N'as-tu pas entendu
Ce silence éternel où meurent les oiseaux ?
Pourtant, ce gazouillis n'est-il pas d'un oiseau ?

FLECKER.

LIVRE I

CHAPITRE PREMIER

À PROPOS DE LIVRES

— Oh, ces livres ! soupira Tuppence.
— Quoi ?
Elle reporta ses regards sur son mari, debout à l'autre extrémité de la pièce.
— J'ai dit : Oh, ces livres !
— Comme je te comprends ! répondit Thomas Beresford en se rapprochant.
En face de Tuppence s'alignaient trois grandes caisses d'emballage encore à peu près pleines.
— C'est incroyable, la place qu'ils peuvent tenir.
— As-tu l'intention de les mettre tous sur ces étagères ?
— Je ne sais pas ce que j'ai l'intention de faire, et c'est bien là le plus navrant. D'ailleurs, on ne sait jamais ce qu'on veut, dans la vie.
— En vérité, j'aurais cru que ce n'était pas du tout ton cas. Car l'ennui, avec toi, ç'a toujours été que tu savais trop bien ce que tu voulais.
— Ce que je veux dire, c'est que nous nous faisons vieux et que — pourquoi ne pas l'avouer ? — nous sommes un peu rhumatisants, surtout lorsqu'il s'agit de s'étirer pour placer des objets sur les étagères du haut, de s'agenouiller pour examiner celles du bas et de se relever ensuite. Mais ce n'est pas ce que je voulais dire. J'allais faire observer combien il est agréable d'avoir pu nous payer un nouvel intérieur

après avoir déniché exactement ce dont nous avions toujours rêvé. Après quelques remaniements, bien sûr.

— C'est-à-dire après avoir réuni deux pièces pour n'en faire qu'une et ajouté ce que tu appelles une véranda mais qui, à mon sens, est plutôt une loggia.

— Ce sera très bien, tu verras, déclara Tuppence d'un ton ferme.

— Oui. Et quand tu auras fini, je ne reconnaîtrai plus la maison que nous avons achetée. C'est bien ça ?

— Pas du tout. Je t'affirme que tu seras ravi et que tu te féliciteras d'avoir une femme aussi ingénieuse, intelligente et dotée du goût le plus sûr.

— Je veux bien. Mais qu'est-ce que tout cela a à voir avec cette montagne de livres ?

— Nous n'en avons apporté que trois caisses, mais n'oublie pas que nous avons acheté certaines choses à l'ancien propriétaire. Pas autant qu'il l'espérait, j'imagine : certains meubles étaient vraiment trop affreux. Et je ne parle pas des bibelots ! Fort heureusement, nous n'avons pas été obligés de tout prendre. Cependant, j'ai été enchantée quand j'ai vu les livres. Il y avait des ouvrages d'enfants absolument ravissants, et j'ai pensé qu'il serait amusant de les avoir. Deux ou trois sont parmi mes favoris : par exemple, *Androclès et le Lion*, d'Andrew Lang. J'avais huit ans quand je l'ai lu pour la première fois.

— Savais-tu donc lire, à huit ans ?

— Je lisais à cinq. Et il en était de même de la plupart des enfants, à cette époque. Je crois que nous n'avions même pas besoin d'apprendre véritablement. On nous lisait souvent des histoires à haute voix, elles nous plaisaient, et nous allions ensuite reprendre le livre dans la bibliothèque lorsque nous en avions envie. En les feuilletant, nous nous apercevions bientôt que nous étions capables de le lire, sans même avoir appris à épeler. Par la suite, évidemment, ça allait moins bien, car je n'ai jamais été très forte en orthographe.

— Est-ce que nous ne nous éloignons pas un peu du sujet ?

— Un peu, c'est vrai. Je disais donc que j'avais beaucoup aimé *Androclès et le Lion*. Il y avait aussi, parmi mes favoris : *Une journée à Eton*, par un élève de cette école ; des histoires tirées des classiques ; des ouvrages de Mrs. Molesworth — *Le Coucou, La Ferme des Quatre Vents* ; bien d'autres encore.

— Tout cela est fort bien, mais il n'est pas absolument indispensable de me fournir un compte rendu détaillé de tes prouesses littéraires à l'âge de huit ans.

— Ce que je voulais te faire remarquer, c'est que, de nos jours, il est pratiquement impossible de se procurer ces livres. Certes, on en fait parfois des rééditions, mais généralement remaniées et dans lesquelles les illustrations ne sont plus du tout les mêmes.

— Et c'est pour cette raison que tu t'es laissée tenter.

— Oui. De plus, j'ai eu ces livres pour un bon prix. Seulement, avec tous ceux que nous possédons déjà, je crains de ne pas avoir assez d'étagères pour les ranger. Dans ton sanctuaire personnel, est-ce qu'il y a encore de la place ?

— Non. Il y en a tout juste assez pour mes propres livres.

— Mon Dieu ! soupira Tuppence. Comment allons-nous faire ? Crois-tu que nous devrions faire ajouter une pièce supplémentaire ?

— Sûrement pas. Il nous faut économiser. C'est ce que nous avons décidé avant-hier. Tu te rappelles ?

— C'était avant-hier. Le temps change bien des choses. Je vais commencer par ranger les livres dont il m'est impossible de me séparer. Quant aux autres, ma foi, il doit bien y avoir dans le secteur un hôpital d'enfants ou quelque autre institution qui les prendrait volontiers.

— Nous pourrions aussi les vendre.

— Ce n'est guère le genre de livres qu'on achète aujourd'hui. De plus, ils n'ont pas une grande valeur marchande.

— On ne sait jamais. Une vieille édition épuisée depuis longtemps peut faire le bonheur de quelque libraire.

— En attendant, il nous faut les ranger, en examinant chacun d'eux pour savoir si c'est un ouvrage que je désire vraiment conserver, et les classer par genres : les livres d'aventures, les histoires d'enfants — comme celles que nous lisions à Deborah quand elle était petite. Tu te souviens ?

— Je crois que tu te fatigues, en ce moment. Tu devrais t'arrêter un peu.

— C'est sans doute ce que je vais faire. Mais je voudrais, auparavant, finir ce côté de la pièce.

— Je vais t'aider.

Tommy s'avança, inclina un peu plus la caisse de livres, en prit une brassée et se mit à les entasser sur les étagères.

— Je les range par formats, n'est-ce pas ? dit-il. Ça fait plus net.

— Oh, je n'aime pas bien ça.

— Nous pouvons nous en accommoder provisoirement. Ensuite, nous procéderons à un classement plus logique, un jour de pluie où nous ne trouverons rien d'autre à faire.

— L'ennui, c'est que nous trouvons toujours quelque chose.

— Il ne reste plus que ce coin, là-haut. Apporte-moi cette chaise, veux-tu ? J'espère qu'elle est assez solide pour supporter mon poids.

Il grimpa prudemment sur la chaise, et Tuppence lui fit passer une brassée de livres qu'il glissa sur l'étagère du haut.

— Bon. Ça fait très bien, déclara Tuppence. Si tu voulais maintenant placer ceux-ci sur la seconde étagère, à l'endroit où il y a un vide, ça dégagerait cette première caisse. Ce matin, je compte m'occuper de ceux que nous avons achetés à notre prédécesseur. Peut-être y trouverons-nous des trésors. Quelque chose dont nous pourrons tirer de l'argent.

— Que ferons-nous, dans ce cas ? Nous vendrons le bouquin ?

— Je suppose que oui. Bien sûr, nous pourrions aussi le conserver pour le montrer à nos amis. Pas pour nous glorifier, mais simplement pour pouvoir dire : « Vous savez, nous avons fait une trouvaille intéressante. »

— Qu'espères-tu découvrir ? Un de tes vieux ouvrages favoris dont tu ne gardes pas le souvenir ?

— Pas exactement. Plutôt quelque chose d'étrange, qui changerait le cours de notre vie.

— Tu es véritablement étonnante. Il est infiniment plus probable que tu cours à une belle déception.

— Il faut toujours avoir de l'espoir. C'est une grande chose, l'espoir. Et j'en ai toujours à revendre.

— Oh ! je sais, répondit Tommy en poussant un soupir. Je l'ai souvent déploré.

CHAPITRE II

LA FLÈCHE NOIRE

Mrs. Thomas Beresford plaça *Le Coucou* sur la troisième étagère, où se trouvaient rassemblés les ouvrages de Mrs. Molesworth. Puis elle en retira *La Ferme des Quatre Vents* qu'elle ne se rappelait pas aussi bien que l'autre. Elle poursuivit ses investigations, feuilleta quelques volumes et se remit à lire...

Tommy n'allait pas tarder à rentrer.

Et lorsqu'il lui demanda, au repas, où elle en était de ses rangements, elle dut faire preuve de tact — et même d'un brin de ruse — pour l'empêcher de monter jeter un coup d'œil aux étagères. Emménager dans une nouvelle maison demande beaucoup plus de temps qu'on ne le croit généralement. Et puis, on a affaire à des gens particulièrement énervants. Les électriciens, par exemple. Ils étaient déjà venus, mais ils ne semblaient pas très satisfaits de leur travail. Cette fois, le visage rayonnant, ils avaient littéralement envahi le premier étage et creusé dans le plancher des trappes qui étaient autant de pièges pour la pauvre maîtresse de maison.

— Parfois, fit Tuppence, je regrette vraiment d'avoir quitté notre ancien appartement de Bartons Acre.

— Souviens-toi du plafond de la salle à manger. Et des mansardes. N'oublie pas non plus le garage qui a failli s'effondrer sur la voiture.

— Nous aurions pu faire effectuer des réparations.

— Non. Il aurait fallu pratiquement remplacer le bâtiment tout entier. Tu verras que cette maison-ci sera très bien lorsque l'aménagement intérieur sera terminé.

— Du moins aurons-nous assez de place pour ranger nos affaires.

Tuppence se demandait cependant s'ils parviendraient jamais au but qu'ils s'étaient fixé. Au départ, tout semblait simple ; mais ensuite les choses se compliquaient sérieusement. En grande partie par la faute de ces maudits livres, d'ailleurs. Pourtant, il lui eût été impossible de s'en passer.

— Si j'étais enfant aujourd'hui, reprit-elle, je n'aurais sûrement pas appris à lire aussi facilement. De nos jours, les enfants de quatre, cinq ou six ans ne semblent pas savoir lire, et beaucoup d'entre eux sont encore incapables à dix ou onze ans. Je ne comprends pas pourquoi nous trouvions cela tellement facile, de notre temps. Martin et Jennifer, qui avaient leur maison tout près de la nôtre ; Cyril et Winifred, qui habitaient de l'autre côté de la rue. Tous. Je n'irai pas jusqu'à prétendre que nous savions parfaitement l'orthographe. Mais nous lisions.

Elle déplaça encore quelques livres. Ses mains s'attardèrent sur un gros volume à la couverture défraîchie : *La Guirlande de marguerites*.

— Oh ! il faut absolument que je relise ça. C'était tellement passionnant, et on était tellement anxieux de savoir si on permettrait à Norman de recevoir la confirmation ! Il y avait aussi Ethel et Flora. Comment donc s'appelait le village où ils vivaient ? Coxwell, je crois.

— Je vous demande pardon, madame ?

— Ce n'est rien, Albert.

Le fidèle valet de chambre et homme de confiance des Beresford venait d'apparaître sur le seuil.

— N'avez-vous pas sonné, madame ?

— Pas vraiment. J'ai appuyé par mégarde sur le bouton, en montant sur cette chaise pour attraper un livre.

— Voulez-vous que je vous descende certains ouvrages, madame ?

— Ma foi, je n'ai pas encore bien vu ceux qui se trouvent sur la troisième étagère. La seconde en commençant par le haut.

Albert grimpa sur une chaise et saisit les livres l'un après l'autre, les tapotant de la main pour en chasser la poussière avant de les passer à Tuppence qui les reçut avec ravissement.

— Oh ! Voici *L'Amulette*. Et *Les Chercheurs de trésor*. Mon Dieu, comme j'ai aimé tout cela. Non, ne les replacez pas, Albert. Je crois que je vais d'abord les lire. Et celui-ci, qu'est-ce que c'est ? *La Cocarde rouge*. Oui, un livre historique. Passionnant. Et voici *La Robe écarlate*. Je lisais tout cela quand j'avais dix ou onze ans. Je ne serais pas étonnée de découvrir *Le Prisonnier de Zenda*.

Tuppence soupira à ce souvenir. *Le Prisonnier de Zenda*. Sa première incursion dans le romanesque. Les aventures de la princesse Flavia. Le roi de Buritania. Rudolph Rassendyll, dont on rêvait la nuit.

Albert descendit une autre série de livres.

— Voyons, qu'avons-nous là ? *L'Ile au Trésor*. Bon, celui-ci, je l'ai relu plus tard. Et j'ai vu, je crois, deux films qui se sont inspirés du roman. Je n'aime pas beaucoup voir les films après avoir lu les livres. Ça ne me semble jamais au point. Et voici *L'Enlèvement*. Celui-là, je l'ai toujours adoré.

Albert se haussa sur la pointe des pieds et prit une pile de livres plus importante que la précédente. Un volume tomba et frôla la tête de Mrs. Beresford.

— Je vous prie de m'excuser, madame.
— C'est sans importance, Albert. Ah ! voici *Catriona*. Y a-t-il d'autres Stevenson ?

Albert faisait maintenant passer les volumes avec plus de précaution. Soudain, Tuppence poussa un petit cri de joie.

— *La Flèche noire* ! Le chat, le rat et Lovell, le chien. L'Angleterre gouvernée par un pourceau. Il s'agissait, bien entendu, de Richard III. Pourtant, de nos jours, tous les ouvrages affirment que c'était un roi admirable, et non un scélérat comme on l'a dit si souvent. Mais je ne crois pas que cette affirmation soit l'expression de la vérité. Et Shakespeare ne le pensait pas non plus. Ne commence-t-il pas sa pièce en faisant dire à Richard : « Je suis déterminé à être un scélérat » ?

— Dois-je en descendre d'autres, madame ?
— Non, merci, Albert. Je suis trop fatiguée pour continuer.
— Bien, madame. A propos, Monsieur a téléphoné pour dire qu'il aurait une demi-heure de retard.
— C'est bon.

Tuppence s'assit dans un fauteuil après s'être emparée de *La Flèche noire*.

— C'est merveilleux, murmura-t-elle. Il ne m'en reste qu'un souvenir assez vague pour que je prenne grand plaisir à le relire.

Albert était retourné à la cuisine. Elle s'appuya contre le dossier du fauteuil, cherchant à retrouver les joies de son enfance en se plongeant dans la lecture de Robert Louis Stevenson.

A la cuisine, le temps passait aussi. Une voiture s'arrêta devant le perron. Albert sortit par la porte de derrière.

— Dois-je rentrer la voiture au garage, monsieur ?
— Je le ferai moi-même, répondit Mr. Beresford, car je suppose que vous êtes occupé à la préparation du repas. Suis-je très en retard ?
— Non, monsieur. Pas plus que vous ne l'aviez annoncé.

Tommy rentra la voiture, puis pénétra dans la cuisine en se frottant les mains.

— Il fait froid, dehors. Où est Madame ?
— En haut, avec les livres, monsieur.
— Quoi ! Encore avec ces vieux bouquins ?
— Oui, monsieur. Elle a passé la plus grande partie de la journée à lire.
— Très bien. Qu'avons-nous pour le dîner, Albert ?
— Des filets de sole, monsieur. Ce ne sera pas long.
— Parfait. Alors, disons dans un quart d'heure. Je voudrais faire un brin de toilette, auparavant.

Au premier étage, Tuppence était toujours enfoncée dans son fauteuil, le front légèrement plissé. Elle venait de tomber sur quelque chose qui lui paraissait insolite. Aux pages 35 et suivantes, certains mots avaient été soulignés, et, depuis un quart d'heure, elle essayait de comprendre la raison pour laquelle on avait voulu mettre ces mots en évidence. Elle se mit à lire à mi-voix :

Matchum ne put retenir un petit cri. Dick lui-même tressaillit de surprise et laissa tomber la manivelle de son arbalète. Ce devait être le signal attendu, car ses compagnons furent aussitôt debout, les armes à la main. Ellis leva les bras, les yeux brillants...

Tuppence hocha la tête et se dirigea vers le petit bureau où elle conservait son papier à lettres. Elle prit une des feuilles envoyées récemment par un imprimeur afin que les Beresford pussent choisir le papier sur lequel ils désiraient faire graver leur nouvelle adresse : *Les Lauriers*.

— Drôle de nom, murmura-t-elle. Mais, d'autre part, si on change constamment les noms des maisons, le courrier s'égare.

Elle prit son stylo et recopia quelques phrases du livre qu'elle se mit à examiner attentivement.

— Ah, mais ça change tout ! s'exclama-t-elle au bout d'un moment.

Elle inscrivit sur une autre feuille quelques lettres isolées.

— Tu es encore là ! s'écria Tommy qui entrait. Le dîner va être prêt. Où en es-tu de tes livres ?

— J'ai trouvé quelque chose qui m'intrigue passablement.
— Quoi ?
— J'ai déniché sur une étagère *La Flèche noire*, de Stevenson, et l'idée m'est venue de relire ce livre. J'ai donc commencé. Mais j'ai bientôt rencontré des tas de mots soulignés à l'encre rouge.
— Il arrive parfois qu'on souligne une phrase ou un mot. Ou bien une citation.
— Certes. Mais ce n'est pas ça du tout. Ce sont des lettres.
— Des lettres ? Que veux-tu dire ?
— Approche, je vais te montrer.
Tommy s'avança, s'assit sur le bras du fauteuil et se mit à lire.

Matchum ne put retenir un petit cri. Dick lui-même tressaillit de surprise...

— Mais c'est insensé !
— C'est ce que je me suis dit tout d'abord. Mais ça ne l'est pas, Tommy.
Une clochette se fit entendre au rez-de-chaussée.
— C'est le dîner.
— Ne t'inquiète pas. Il faut que je t'explique ça tout de suite.
— Vas-y, soupira Tommy. Encore une de tes étranges découvertes, j'imagine.
— Tu vois, sur cette page, le M et le A de « Matchum » sont soulignés ; un peu plus loin, le R et le I de « cri » ; puis le E de « surprise ». Nous trouvons plus loin le J de « Jack », le O de « abandonner », le R de « regarder »...
— Je t'en prie, arrête.
— Un instant. Regarde les cinq premières lettres que j'ai relevées sur cette feuille. Si tu les écris les unes à la suite des autres, tu obtiens « Marie ».
— Et alors ? Le livre appartenait sans doute à une gamine nommée Marie et douée d'un esprit inventif. Elle a cherché à indiquer par ce moyen compliqué que ce bouquin était sa propriété. Il y a des tas de gens qui inscrivent leurs noms sur les livres et les objets qui leur appartiennent.

— Ensuite, si nous considérons les lettres qui suivent, nous obtenons « Jordan ».

— C'est logique. Tu connais le nom entier de la gosse. Elle s'appelait Marie Jordan.

— Non. Ce livre ne lui appartenait pas. Si tu jettes un coup d'œil à la page de garde, tu y trouveras, tracé d'une écriture enfantine, le nom de son propriétaire : Alexandre Parkinson.

— D'accord. Et après ? Le garçon a voulu immortaliser le nom d'une de ses petites camarades dont il devait être vaguement amoureux. Allons, viens. Je commence à avoir faim.

— Encore un instant. Je tiens à te montrer la suite. Dans les quatre ou cinq pages suivantes, il y a encore des mots soulignés. Les lettres ont été choisies dans des endroits bizarres. Et nous avons la phrase suivante : « *Marie Jordan n'est pas décédée de mort naturelle.* » Et, un peu plus loin : « *C'est un de nous qui l'a tuée. Je crois savoir qui.* » C'est tout. Je n'ai pas trouvé autre chose. Mais c'est passionnant, tu ne crois pas ?

— Ecoute, Tuppence, tu ne vas pas encore chercher un mystère là-dedans ?

— Mais c'est un mystère, à mes yeux ! « *Marie Jordan n'est pas décédée de mort naturelle. C'est un de nous qui l'a tuée. Je crois savoir qui.* » Avoue, Tommy que c'est fort étrange.

CHAPITRE III

VISITE AU CIMETIÈRE

— Tuppence ! appela Tommy en entrant.

Pas de réponse. Un peu contrarié, il monta l'escalier en courant et s'engagea dans le couloir. Il faillit mettre le pied dans une trappe béante et laissa échapper un juron.

— Encore un de ces maudits électriciens ! grommela-t-il.

Quelques jours auparavant, il lui était arrivé le même ennui. Bourrés d'optimisme et fermement convaincus de leurs capacités professionnelles, les ouvriers s'étaient mis au travail en déclarant :

— Tout va bien, maintenant. Il ne reste plus grand-chose à faire, et nous terminerons cet après-midi.

Bien entendu, on ne les avait pas revus. Mrs. Beresford, cependant, commençait à être habituée à la façon dont on opère dans le bâtiment, l'électricité ou le gaz. Les ouvriers arrivaient, commençaient leur travail, lançaient quelques remarques résolument optimistes, puis repartaient chercher quelque chose qu'ils avaient oublié. Mais ils ne revenaient pas. Alors, on téléphonait, et il semblait toujours que l'on eût formé un faux numéro. Et si c'était le bon, l'homme à qui l'on voulait parler n'était pas là. Comme par hasard. Il ne restait qu'une seule chose à faire : essayer de ne pas se fouler une cheville en fourrant le pied dans un trou du plancher.

Pourtant, ce n'était pas pour lui-même que Thomas avait peur. Où pouvait bien être Tuppence en ce moment ? Il l'appela de nouveau à deux ou trois reprises sans recevoir de réponse. Il se faisait souvent du souci à son sujet. C'était une de ces personnes sur qui il faut veiller constamment. Si on lui faisait une recommandation avant de sortir, elle promettait toujours d'en tenir compte. Non, elle ne mettrait pas le nez dehors ; sauf, peut-être, pour aller acheter une demi-livre de beurre. Et ce n'était point là une expédition dangereuse, n'est-ce pas ?

— Avec toi, répliquait Tommy, ce pourrait tout de même être dangereux.

— Voyons, ne sois pas stupide !

— Je ne suis pas stupide. Je suis seulement un mari prudent, qui veille sur une de ses possessions les plus précieuses. Je ne sais d'ailleurs pas pourquoi.

— C'est parce que, expliquait doucement Tuppence, je suis une femme charmante et pas mal du tout, une compagne agréable et fidèle. Et puis, je prends tellement soin de toi !

— C'est bien possible. Je pourrais cependant te fournir une autre énumération.

— Je crois qu'elle me plairait moins que la mienne. Car tu dois bien avoir quelques griefs en réserve. Mais ne t'inquiète pas : tout ira bien. Quand tu rentreras, il te suffira de m'appeler.

Tout cela était fort bien. Mais où donc était Tuppence ?

— Le petit démon ! bougonna Tommy. Elle a dû sortir.

Il pénétra dans la pièce où elle rangeait ses livres, espérant la trouver en train de dévorer un autre bouquin de gosse, passionnée par quelques mots soulignés en rouge. Autrement dit sur la piste de Mary Jordan. Il se mit à réfléchir. Les gens qui leur avaient vendu la maison s'appelaient Jones, mais ils ne l'avaient pas occupée pendant bien longtemps. Trois ou quatre ans, croyait-il. L'enfant à qui avait appartenu ce livre de Stevenson avait donc habité là beaucoup plus tôt.

Mr. Beresford redescendit, appela encore sa femme deux ou trois fois, mais en vain. Un coup d'œil au portemanteau qui se trouvait dans l'entrée lui apprit que l'imperméable rouge de Tuppence avait disparu. Elle était donc bien sortie. Où était-elle allée ? Et où était Hannibal ? Thomas appela Hannibal. A plusieurs reprises.

— Hannibal ! Hannibal ! Hannibal ! Viens ici, mon vieux.

Pas de réponse.

— Du moins a-t-elle emmené Hannibal, murmura-t-il.

Il se demandait cependant si cela valait mieux. Hannibal ne permettrait certainement pas que l'on fît du mal à sa maîtresse. Mais lui-même ne ferait-il pas de sottises ? Il était parfaitement correct quand on l'emmenait en visite, mais les gens qui avaient la prétention d'entrer chez lui étaient, à ses yeux, résolument suspects. Il était alors prêt à aboyer, et même à mordre s'il le jugeait nécessaire. D'autre part, la rencontre dans la rue de l'un de ses congénères pouvait parfaitement se terminer en bagarre.

Thomas fit quelques pas dans la rue, mais il n'aperçut aucun petit chien noir escortant une femme en imperméable rouge. Au bout d'un moment, vaguement contrarié, il finit par regagner la maison.

Il y fut accueilli par une odeur alléchante en provenance de la cuisine. Tuppence, qui était rentrée en son absence, était maintenant devant le fourneau. Elle tourna la tête et lui sourit.

— J'ai préparé un ragoût, expliqua-t-elle. Tu ne trouves pas qu'il sent bon ? J'y ai mis des choses inhabituelles. Des fines herbes que j'ai trouvées dans le jardin. J'espère ne pas m'être trompée.

— Souhaitons que tu n'aies pas cueilli de la belladone ou de la digitale. Où es-tu allée ? Je t'ai cherchée partout.

— J'ai seulement emmené Hannibal faire une promenade.

Au même moment, Hannibal manifesta sa présence, bondissant sur son maître avec une telle impétuosité qu'il faillit le faire tomber. C'était un petit chien noir, au poil luisant, pourvu de deux amusantes taches brunes sur son arrière-train.

— Le temps n'était pas particulièrement beau pour aller faire une promenade.

— C'est vrai. Un peu brumeux. Et je suis fatiguée.

— Tu es allée voir les magasins ?

— Non, je suis allée au cimetière.

— Plutôt macabre, comme promenade. Qu'est-ce qui t'attirait là ?

— Certaines tombes.

— De plus en plus macabre. Hannibal a-t-il trouvé ça à son goût ?

— J'ai dû le tenir en laisse, car il y avait une sorte de bedeau dans les parages, et j'ai pensé qu'Hannibal pourrait ne pas l'apprécier. Or, je ne voudrais pas que les gens soient prévenus contre nous dès notre arrivée dans la localité.

— Mais enfin, que voulais-tu voir exactement dans le cimetière ?

— Les noms des personnes qui y sont enterrées. Certaines tombes remontent au dix-huitième siècle, et les inscriptions en sont presque effacées.

— Ça ne me dit pas ce que tu cherchais.

— Je faisais mon enquête.

— Ton enquête ! A quel sujet ?

— Je voulais savoir s'il y avait des Jordan enterrés là.

— Seigneur ! Tu en es encore à ça ? Est-ce que tu cherchais...

— Nous savons que Marie Jordan est morte. Et il faut bien qu'elle soit enterrée quelque part, n'est-ce pas ?

— Indiscutablement. Mais elle a pu être enterrée dans le jardin d'une maison.

— Cela me paraît peu probable, parce que ce garçon nommé Alexandre était apparemment le seul à penser que la mort de Mary Jordan n'était pas naturelle. A l'époque, personne d'autre n'avait dû songer...

— Qu'il y avait eu crime ?

— Oui. Qu'elle avait été assommée, empoisonnée, qu'on l'avait poussée du haut d'une falaise, que sais-je ? Mais elle ne se trouve pas au cimetière. En fait, il n'y a personne de ce nom.

CHAPITRE IV

LES PARKINSON

— Des tas de Parkinson, dit Tuppence pendant le repas. Des vieux, des jeunes, des gens mariés, des célibataires. Et puis des Griffin, des Underwood. Et même des Overwood. Curieux de trouver ces deux noms ensemble, n'est-ce pas ?

— J'ai eu un ami qui s'appelait George Underwood.

— J'ai également connu des Underwood, mais pas d'Overwood.

— Est-ce un homme que tu as trouvé, ou bien une femme ?

— Une jeune fille, je crois. Rose Overwood.
— Rose Overwood, répéta Tommy. Les deux noms ne me semblent pas aller tellement bien ensemble.

Il resta un instant silencieux, puis changea totalement de conversation.

— A propos, il faudra que je téléphone aux électriciens. En attendant, sois prudente et tâche de ne pas passer ton pied à travers le plancher.
— Si je me tue dans de telles circonstances, ma mort sera-t-elle naturelle ou non ?
— Tu auras simplement été tuée par la curiosité.
— Ne fais-tu jamais preuve de curiosité toi-même ?
— Je ne vois vraiment aucune raison de me montrer curieux. Qu'avons-nous pour dessert ?
— De la tarte.
— Eh bien, je te félicite. Ton repas était excellent.
— Je suis heureuse qu'il t'ait plu.
— Quel est ce colis, près de la porte de la cuisine ? Est-ce le vin que nous avons commandé ?
— Non, ce sont des oignons.
— Des... quoi ?
— Des oignons de tulipes.
— Où vas-tu les mettre ?
— De chaque côté de l'allée centrale du jardin. Je vais donner des indications au vieil Isaac.
— Pauvre diable ! On a l'impression qu'il va s'écrouler d'un moment à l'autre.
— N'en crois rien. Il est extrêmement robuste. Tu sais, j'ai découvert que les jardiniers sont ainsi. S'ils sont compétents, ils paraissent atteindre la perfection quand ils ont dépassé quatre-vingts ans. Par contre, si tu engages un garçon d'une trentaine d'années, bien planté et costaud, il te déclarera : « J'ai toujours souhaité travailler dans un jardin. » Mais tu peux être certain à l'avance qu'il ne vaut rien. Il sera toujours disposé à balayer quelques feuilles de temps à autre ; en dehors de cela, quoi que tu lui commandes, il t'affirmera que ce n'est pas le bon moment. Alors qu'Isaac est un homme précieux : il

sait tout. Je devrais également planter des crocus. Je me demande s'il y en a dans le colis. Je vais aller voir.

— Si tu veux. Je te rejoindrai dans un moment.

Quelques instants plus tard, Tuppence et Isaac se mettaient à déballer les oignons de tulipes. Les fleurs les plus précoces viendraient égayer le jardin à la fin du mois de février, les autres s'épanouiraient en mai et juin. Ces dernières étant d'un joli vert pastel, on les planterait en un endroit où on pourrait les cueillir facilement quand on voudrait orner le salon. Et pourquoi ne pas en mettre également près de la grille d'entrée, où elles ne manqueraient pas de susciter la jalousie des visiteurs ?

A quatre heures, Tuppence prépara une théière et appela Isaac, afin qu'il pût se désaltérer avant de repartir chez lui. Après quoi, elle se mit à la recherche de son mari, lequel s'était abstenu de la rejoindre ainsi qu'il l'avait promis. « Je suis sûre qu'il s'est endormi quelque part », se dit-elle en parcourant les différentes pièces. Elle aperçut alors une tête qui émergeait du trou creusé dans le plancher.

— Tout va bien, maintenant, madame, affirma l'électricien. Il n'y aura bientôt plus besoin de prendre des précautions. Demain matin, j'attaquerai dans une autre partie de la maison.

— J'espère que vous n'oublierez pas de venir. Avez-vous vu Mr. Beresford, par hasard ?

— Je crois qu'il est à l'étage supérieur. Je l'ai entendu qui faisait tomber des objets sur le plancher. Des livres, je suppose.

— Des livres ? Ça, par exemple !

L'électricien disparut dans sa trappe, et Tuppence grimpa jusqu'à la mansarde transformée en bibliothèque et où se trouvaient maintenant réunis les livres d'enfants.

Tommy était assis sur la première marche de la porte, des livres éparpillés autour de lui.

— Tu es donc là, après avoir prétendu que tu ne t'intéressais à rien de tout ça ? Et tu as mis un désordre fou dans les livres que j'avais soigneusement rangés.

— Excuse-moi, mais j'ai pensé que je pourrais aussi bien jeter un coup d'œil, moi aussi.

— As-tu découvert d'autres mots ou d'autres lettres soulignés en rouge ?

— Non, rien. Ce jeune Parkinson devait être paresseux. En tout cas, il n'y a aucun autre renseignement sur Marie Jordan.

— J'ai interrogé le vieil Isaac. Il connaît des tas de gens dans la région, mais il prétend ne se souvenir de personne de ce nom.

— Que comptes-tu faire de cette lampe de cuivre que tu as posée dans l'entrée ?

— Je vais la porter à la vente de charité. Elle nous a toujours plus ou moins embarrassés.

— C'est vrai. Nous devions être fous, le jour où nous l'avons achetée. Et je sais que tu ne l'as jamais aimée.

— Quoi qu'il en soit, Miss Sanderson a été très heureuse quand je lui ai annoncé que je la lui donnerais. Elle m'a même proposé de venir la chercher, mais je lui ai dit que je la lui apporterais.

— Je peux m'en charger, si tu veux.

— Non, j'aime mieux y aller moi-même.

— Très bien. Je suppose que tu as une autre raison pour te rendre à cette vente, n'est-ce pas ?

— A vrai dire, je pense que je pourrai sans doute bavarder avec certaines personnes.

— Je ne sais jamais exactement ce que tu as en tête, mais je lis dans tes yeux que tu mijotes quelque chose.

— Va faire faire une promenade à Hannibal. Je ne peux pas l'emmener à la vente, car il risquerait de se battre avec quelque congénère.

— Bon. Tu veux venir faire un petit tour, Hannibal ?

Selon son habitude, Hannibal répondit par l'affirmative, se tortillant, agitant la queue, levant une patte de devant et se frottant contre la jambe de son maître.

— Bien sûr, semblait-il dire. C'est pour ça que tu existes, mon cher esclave. Nous allons faire une gentille petite balade, tout le long du trottoir. Je suis certain de trouver des tas d'odeurs enivrantes.

— Allons, viens. Je vais prendre la laisse. Et surtout, ne traverse pas la rue en courant, comme tu l'as fait la dernière fois. Tu as failli te faire écraser par une de ces vilaines grosses voitures.

Hannibal le considéra d'un air de dire :

— Je suis un très gentil petit chien qui fait toujours exactement ce qu'on lui dit.

Si fausse que fût cette affirmation, l'air innocent qu'il prenait parvenait souvent à tromper même les personnes qui le connaissaient bien.

Tommy transporta la lourde lampe de cuivre dans la voiture, Tuppence se mit au volant et, quelques secondes plus tard, elle disparaissait à l'angle de la rue.

Tommy fixa la laisse au collier d'Hannibal et s'éloigna à son tour. Parvenu au chemin conduisant à l'église, il détacha le chien, car il y avait peu de circulation dans ces parages. Le petit animal en profita pour aller renifler quelques touffes d'herbe qui poussaient sur le trottoir, tout contre le mur. S'il avait pu utiliser le langage des hommes, il est évident qu'il aurait déclaré :

— C'est un gros chien qui est passé par là. Je crois bien que ce doit être ce sale chien-loup.

Un petit grognement irrité.

— Je n'aime pas les chiens-loups. Si jamais je rencontre à nouveau celui qui m'a mordu un jour, il peut être assuré que je lui rends la pareille... Ah ! délicieux. Voici un parfum plus subtil. Une ravissante petite chienne. J'aimerais bien faire sa connaissance. Je me demande si elle habite loin d'ici. Dans cette maison, peut-être...

— Viens ici Hannibal ! Ne rentre pas ainsi chez les gens.

Hannibal fit la sourde oreille.

— Hannibal !

Le petit animal redoubla de vitesse et tourna l'angle de la maison, en direction de la cuisine.

— Hannibal ! cria Tommy. Tu ne m'as pas entendu ?

— Tu m'as donc appelé ?

Un aboiement sec se fit entendre dans la cuisine. Hannibal détala à toutes jambes pour venir se réfugier auprès de son maître.

— Brave chien ! dit Tommy.

— N'est-ce pas que je suis un brave toutou ? Chaque fois que tu as besoin de moi, je suis là pour te défendre.

Ils étaient arrivés à la porte latérale du cimetière. Hannibal, qui avait le don de s'étirer à volonté, se faufila sans la moindre difficulté à travers les barreaux de la grille.

— Hannibal ! appela encore Tommy. Reviens. Tu n'as pas le droit d'entrer dans le cimetière.

— J'y suis déjà, mon vieux.

Il gambadait maintenant parmi les tombes avec l'air satisfait d'un chien qui a été lâché pour la première fois dans un jardin singulièrement attrayant.

— Sale chien ! maugréa Tommy.

Il souleva le loquet de la grille, entra et, la laisse à la main, s'élança à la poursuite de son espiègle compagnon. Celui-ci était déjà à l'extrémité opposée du cimetière, et il semblait avoir l'intention bien arrêtée de se glisser à l'intérieur de l'église dont la porte était légèrement entrebâillée. Son maître réussit cependant à l'attraper à temps et à le remettre en laisse. Hannibal pencha un peu la tête de côté, se disant manifestement que les choses devaient finir ainsi.

— Tu m'attaches à nouveau, hein ? Bien sûr, c'est moins agréable, mais ça rehausse tout de même mon prestige. Comme ça, tout le monde sait que je suis un chien de valeur.

Etant donné qu'il n'y avait personne à l'intérieur du cimetière pour s'opposer à la présence d'Hannibal, Tommy se mit à errer à travers les tombes. Il considéra d'abord un mausolée qui se dressait non loin de l'entrée de la sacristie et qui, selon toute apparence, était le plus ancien. Pourtant, plusieurs autres portaient des inscriptions remontant au dix-neuvième siècle. Il regarda l'un d'eux plus longuement que les autres.

— Etrange, dit-il à mi-voix.

Hannibal leva la tête vers lui d'un air interrogateur. Il ne voyait rien qui pût présenter le moindre intérêt pour la gent canine.

CHAPITRE V

LA VENTE DE CHARITÉ

Tuppence fut agréablement surprise de constater que la lampe de cuivre était fort bien accueillie.

— Comme c'est gentil à vous, Mrs. Beresford, de nous offrir quelque chose d'aussi ravissant, lui déclara Miss Sanderson. J'imagine que vous avez rapporté cette lampe d'un de vos nombreux voyages à l'étranger ?

— Oui, nous l'avons achetée en Egypte, affirma Tuppence.

En réalité, elle n'en était pas du tout sûre, car huit ou dix ans s'étaient écoulés depuis cet achat, qui avait peut-être été effectué à Damas, à Bagdad ou à Téhéran. Mais l'Egypte étant en ce moment à la une de l'actualité, la lampe n'aurait que plus de succès si on croyait qu'elle provenait de ce pays.

— Elle était un peu trop importante pour notre appartement, ajouta la vieille dame. Aussi ai-je pensé...

— Je crois que nous devrions la mettre en tombola, suggéra Miss Little.

C'était elle qui était plus ou moins chargée de l'organisation de la vente. On l'appelait la Fouineuse communale, en raison du fait qu'elle était remarquablement bien informée de tout ce qui se passait dans le village. Son nom de famille lui allait d'ailleurs fort mal, car c'était une grande femme d'amples proportions[1].

---

1. *Little* signifie petit.

— J'espère que vous viendrez à cette vente, Mrs. Beresford ?

— Certainement. J'ai hâte de faire certaines acquisitions. J'aimerais bien, par exemple, cette cuvette en carton-pâte, si elle est encore là quand je viendrai.

— On fabrique aujourd'hui de si ravissantes bassines en platique !

— Je n'aime pas beaucoup le plastique. Il y a aussi ce vieil ouvre-boîtes orné d'une tête de taureau. Il me plaît beaucoup, car on n'en voit plus guère de ce genre.

— Ne pensez-vous pas que les ouvre-boîtes électriques sont bien plus agréables à utiliser ?

La conversation se poursuivit pendant un certain temps sur ce thème, puis Tuppence demanda si elle pourrait rendre quelque service.

— Ah ! chère Mrs. Beresford, peut-être aimeriez-vous arranger le stand des bibelots. Je suis sûre que vous avez un tempérament artistique.

— Pas vraiment. Mais je veux bien essayer tout de même de vous arranger ce stand. Je vous demanderai seulement de me dire franchement si quelque chose ne va pas.

— C'est agréable d'avoir un peu d'aide, et nous sommes tellement heureuses de faire votre connaissance ! Je suppose que vous êtes maintenant tout à fait installée dans votre nouvelle maison.

— Nous devrions l'être, mais je crains que nous n'en soyons encore loin. Avec les charpentiers, les électriciens, les plombiers et les autres...

— Les employés du gaz sont les pires de tous, déclara Miss Little d'un ton péremptoire.

L'arrivée du curé de la paroisse, qui venait adresser quelques paroles d'encouragement aux organisatrices, changea le cours de la conversation. Lui aussi exprima sa joie de rencontrer sa nouvelle paroissienne Mrs. Beresford.

- - Nous vous connaissons déjà bien, vous et votre mari, et nous parlions de vous il y a à peine deux ou trois jours. Quelle vie passionnante vous avez dû avoir, au cours de la dernière guerre ! Un beau succès de votre part, cette affaire de... Mais sans doute ne faut-il pas en parler.

— Oh ! racontez-nous ça, monsieur le curé, dit l'une des femmes en quittant le stand où elle était occupée à ranger des pots de confitures.

— On m'en a parlé en confidence, répondit doucement le prêtre. A propos, Mrs. Beresford, je crois vous avoir aperçue hier dans le cimetière.

— Vous ne vous êtes pas trompé. Je suis également allée visiter l'église. Vous avez là quelques très beaux vitraux.

— Ceux de la nef de gauche datent, en effet, du quatorzième. Mais les autres sont victoriens.

— En parcourant le cimetière, j'ai pu constater que de très nombreux Parkinson y étaient enterrés.

— C'est vrai. Il y en a eu beaucoup autrefois, dans la région et dans le village lui-même. Néanmoins, je n'en ai jamais connu aucun. Mrs. Lupton doit se souvenir d'eux, j'imagine.

Mrs. Lupton, une dame âgée qui marchait en s'appuyant sur deux cannes, eut l'air absolument ravie de voir qu'on s'intéressait à elle.

— Oui, certainement. Je me rappelle la vieille Mrs. Parkinson, celle qui habitait Manor House. Une femme extraordinaire.

— J'ai également remarqué d'autres noms, qui reviennent assez souvent : Somer, Chatterton, par exemple.

— Je constate que vous vous êtes plongée dans le passé de notre localité.

— Il me semble aussi avoir entendu prononcer le nom de Jordan. Il s'agissait d'une certaine Annie — ou Marie — Jordan.

Tuppence jeta un coup d'œil autour d'elle, mais le nom de Jordan ne parut éveiller aucun intérêt particulier.

— Je crois que Mrs. Blackwell a employé, à une certaine époque, une cuisinière qui portait ce nom, dit enfin quelqu'un. Susan Jordan, me semble-t-il. Mais elle ne l'a gardée que six mois. Elle ne faisait pas l'affaire, à plusieurs points de vue.

— Y a-t-il longtemps de cela ?
— Oh non. Huit ou dix ans. Pas davantage.
— Reste-t-il encore des Parkinson, au village ou dans les environs ?
— Non. Ils ont disparu depuis longtemps. Le dernier d'entre eux a épousé une de ses cousines germaines, et ils sont partis vivre au Kenya.

Tuppence savait que Mrs. Lupton était plus ou moins en rapports avec l'hôpital.

— Je possède quelques livres, lui dit-elle, qui se trouvaient dans la maison quand nous l'avons achetée. Ce sont, pour la plupart, des ouvrages pour enfants, et j'ai pensé qu'ils pourraient peut-être vous rendre service.

— C'est très gentil de votre part, Mrs. Beresford. Mais on nous offre souvent des livres d'enfants dans des éditions récentes, et on ne peut guère faire lire, de nos jours, des ouvrages démodés.

— Croyez-vous ? En ce qui me concerne, j'aime beaucoup ces vieux livres. Je n'oublierai jamais *L'Île au Trésor* ou les romans de Mrs. Molesworth.

*
* *

Tuppence rentra la voiture au garage et se dirigea vers la maison. Albert sortit de la cuisine et vint à sa rencontre.

— Désirez-vous un peu de thé, madame ? Vous devez être fatiguée.

— Pas vraiment. Je vous remercie, Albert, mais j'ai déjà pris le thé à la Salle paroissiale. Il y avait aussi un bon gâteau, mais les petits pains au lait étaient moins bien réussis.

— Ils sont presque aussi difficiles à réussir que les beignets, madame. Amy les faisait merveilleusement.

— Je sais. Je n'en ai jamais mangé d'aussi délicieux.

Amy, décédée quelques années plus tôt, avait été la femme d'Albert.

— Où est Monsieur ? continua Mrs. Beresford. Est-il sorti ?

— Non, madame. Il est en haut, dans la mansarde que vous avez transformée en bibliothèque. Je suppose qu'il finit de ranger les livres.
— Et Hannibal ?
— Je crois qu'il est avec Monsieur.

Mais, au même instant, Hannibal fit son apparition. Après avoir lancé deux ou trois aboiements avec toute la virulence qu'il jugeait indispensable à un bon chien de garde, il se rendit compte que c'était sa maîtresse qui venait de rentrer et non une inconnue venue dérober les cuillères à café. Il descendit l'escalier en se tortillant, en agitant la queue, sa langue rose au coin des babines.

— Alors, dit Tuppence, es-tu content de revoir ta maman ?

Hannibal manifesta sa joie en se précipitant sur la vieille dame.

— Doucement, doucement. Tu vas me faire tomber. Où est Papa ?

Hannibal gravit quelques marches en courant, tourna la tête et attendit que sa maîtresse l'eût rejoint. Elle trouva effectivement Tommy en train de farfouiller dans les livres.

— Que fais-tu là ? demanda-t-elle. Je te croyais sorti avec Hannibal.
— Nous sommes allés jusqu'au cimetière.
— Pourquoi diable as-tu emmené ce pauvre petit chien au cimetière ? Je suis certaine que les animaux n'y sont pas spécialement les bienvenus.
— Il était en laisse. Et, de toute façon, c'est lui qui m'y a conduit, et non l'inverse.
— J'espère qu'il ne va pas prendre l'habitude d'y aller régulièrement. Ce serait très ennuyeux. Tu sais comment il est.
— En tout cas, il avait l'air de s'y plaire particulièrement. Il est très intelligent, ce chien.
— Tu veux dire entêté, je suppose.

Hannibal vint frotter sa truffe contre la jambe de sa maîtresse.

— Tu vois, reprit Tommy, il vient te dire qu'il est

intelligent. Beaucoup plus que nous ne l'avons été jusqu'ici, toi et moi.

— Qu'est-ce que ça signifie ?

Mais Mr. Beresford, ignorant la question de sa femme, changea de sujet.

— Est-ce que tu t'es bien amusée ?

— Ma foi, je n'irai pas jusque-là. Néanmoins, tout le monde a été gentil envers moi.

— Je t'ai dit, il y a un instant, qu'Hannibal et moi avions fait preuve d'intelligence.

— J'avais compris que c'était Hannibal tout seul.

Tommy allongea le bras pour prendre un livre sur une étagère.

— *L'Enlèvement,* un autre Stevenson. Quelqu'un devait aimer particulièrement cet auteur. Il y a encore *La Flèche noire, Catriona* et deux ou trois autres. Offerts à Alexandre Parkinson par sa grand-mère.

— Et alors ?

— Alors, j'ai découvert sa tombe.

— Quoi ?

— Pour être tout à fait juste, c'est Hannibal qui l'a découverte, près de la porte de la sacristie. Elle n'est pas très bien entretenue, et l'inscription en est presque effacée, mais c'est bien elle. Alexandre Richard Parkinson, décédé dans sa quatorzième année.

— Quatorze ans. Pauvre gosse !

— Hannibal fouinait dans ce coin, et j'ai réussi à déchiffrer l'inscription. Puis je me suis posé une question. Je crois que... tu m'as contaminé. C'est ça le plus terrible, avec toi : quand tu t'intéresses à quelque chose, il faut toujours que tu entraînes quelqu'un dans ton sillage. Je me suis demandé s'il ne pourrait y avoir, entre la découverte du jeune Alexandre et sa mort prématurée, un rapport de cause à effet. Il s'était donné la peine de rédiger une sorte de message secret : *Marie Jordan n'est pas décédée de mort naturelle.* Si nous supposons que cette affirmation est l'expression de la vérité, ne crois-tu pas qu'elle a pu entraîner... euh... la mort de ce garçon ?

— Tu ne penses tout de même pas...

— Ma foi, on est en droit de s'interroger. Il est bien évident que l'inscription de la pierre tombale ne précise pas de quoi il est mort. Mais s'il savait véritablement un détail compromettant pour quelqu'un...

— Tu te fais des idées.

— Je te fais remarquer que c'est toi qui as commencé à soulever la question.

— De toute façon, ces événements sont tellement lointains que nous ne parviendrons jamais à trouver la solution de l'énigme.

— Cela remonte à peu près à l'époque où nous enquêtions sur l'affaire Jane Finn[1].

Tommy et Tuppence échangèrent un regard. Leur esprit se reportait à bien des années en arrière.

CHAPITRE VI

PROBLÈMES À RÉSOUDRE

On se dit souvent, à l'avance, qu'emménager dans une nouvelle maison sera chose agréable, mais il n'en est pas toujours ainsi. Il faut se mettre en rapport avec les électriciens, les menuisiers, les peintres, les tapissiers, les décorateurs, les marchands de fourneaux ou de réfrigérateurs. Et chaque journée amène des visiteurs, que l'on attendait depuis longtemps ou, au contraire, sur lesquels on ne comptait pas du tout.

— *Les Lauriers*, dit Tuppence, je trouve ce nom un peu saugrenu. Je ne comprends pas pourquoi on a baptisé ainsi cette maison, étant donné qu'il n'y a pas un seul laurier dans les environs. Il aurait mieux valu l'appeler *Les Platanes*.

— Elle portait autrefois un autre nom, paraît-il, répondit Tommy. Du temps des Waddington.

---

1. Cf. *Mr. Brown*.

— C'était avant les Jones, évidemment.

— Oh oui ! Et elle appartenait auparavant aux Blackmore. Les Parkinson, c'était encore plus tôt.

— Si je pouvais découvrir quelque chose sur ceux-là, nous pourrions essayer de résoudre notre problème.

— Celui que pose la mort de Marie Jordan ?

— Il y a certes celui-là, mais aussi celui des Parkinson eux-mêmes. Et il doit encore en exister d'autres. Nous savons que Marie Jordan n'est pas morte de mort naturelle. Mais la suite du message nous dit : « C'est l'un de nous qui l'a tuée. » Cela désigne-t-il un membre de la famille Parkinson ou simplement une personne qui résidait chez eux ? Il pouvait y avoir dans la maison des oncles, des tantes, des neveux, des nièces — portant des noms différents —, une femme de chambre et une cuisinière, peut-être aussi une gouvernante. Non pas une jeune fille au pair, car il y a de cela trop longtemps. Mais « un de nous » peut désigner une quelconque des personnes vivant sous le même toit. On avait, à cette époque, beaucoup plus de personnel que de nos jours. Cette Marie Jordan pouvait être la femme de chambre, ou une fille de service ; ou même la cuisinière. Mais pourquoi aurait-on voulu la faire disparaître ? J'essaierai, demain, de me renseigner auprès de Mrs. Griffin, chez qui je dois aller prendre le café.

— Ça semble une habitude, d'aller prendre le café au village.

— C'est un excellent moyen d'arriver à connaître ses voisins et les gens qui vivent dans la même localité. C'est pourquoi je veux tenter ma chance auprès de Mrs. Griffin, qui est une sorte de personnalité. Lors de la réunion de la Paroisse, elle menait tout le monde à la baguette. Elle faisait même marcher l'infirmière et le docteur. Sans oublier le curé.

— L'infirmière ne pourrait-elle te fournir un renseignement ?

— Je ne crois pas, car elle n'est pas dans la région depuis longtemps. Et celle qui pouvait se trouver là du temps des Parkinson est certainement morte depuis des années.

— Je voudrais pouvoir oublier tous ces Parkinson. Ainsi, nous n'aurions pas de problèmes.

— C'est la faute de Béatrice.

— Que vient faire Béatrice dans tout ça ?

— C'est elle qui a mis les problèmes à la mode. Ou plutôt, non. C'est la femme de ménage que nous avions avant elle : Elizabeth. Elle venait constamment me dire : « Oh, madame, pourrais-je vous parler une minute ? J'ai un problème qui me tracasse. » Puis Béatrice a commencé à venir les jeudis, et elle a pris la même habitude. De sorte qu'elle a maintenant des problèmes, elle aussi.

— Nous en avons tous, si je comprends bien.

Tommy poussa un soupir et s'en alla. Tuppence descendit lentement l'escalier en hochant la tête. Hannibal la rejoignit en agitant la queue dans l'attente d'une faveur à venir.

— Non, Hannibal. Tu as déjà fait ta promenade matinale.

Le petit animal lui donna à entendre qu'elle se trompait et qu'il n'avait pas mis le nez dehors ce matin.

— Tu es le plus grand menteur que j'aie jamais connu. Tu es sorti avec Papa.

Hannibal fit une seconde tentative pour essayer de faire comprendre, au moyen de diverses attitudes appropriées, qu'un chien peut parfois avoir droit à une seconde promenade si ses maîtres veulent faire preuve d'un minimum de compréhension. Déçu, il descendit l'escalier en trombe pour aller se jeter, en aboyant d'un air rageur, dans les jambes d'une jeune femme occupée à manier un aspirateur. Il avait horreur de ce genre d'appareils, et il n'aimait pas non plus voir sa maîtresse en conversation trop prolongée avec Béatrice.

— Faudrait pas qu'il me morde, dit la jeune femme.

— Il ne vous mordra pas. Il fait semblant seulement.

— Oh, mais un jour, il pourrait bien le faire ! A propos, madame, est-ce que je pourrais vous dire quelques mots ?
— A quel sujet ?
— Eh bien, madame, j'ai un problème.
— Je m'en doutais. De quel ordre, ce problème, Béatrice ? Mais, dites-moi, connaissez-vous dans la région une famille du nom de Jordan ?
— Jordan ? Ma foi, je peux pas dire. Il y a les Johnson : l'un était constable et l'autre facteur...
La jeune femme fit entendre un petit rire.
— Le facteur, c'était un de mes petits amis.
— Vous n'avez jamais entendu parler d'une certaine Marie Jordan, qui serait morte ?
Béatrice secoua la tête et revint à la charge.
— Et ce problème, madame ?
— Ah oui ! Votre problème. De quoi s'agit-il ?
— J'espère que ça ne vous dérange pas que je vous demande ça. Mais, voyez-vous, je suis dans une position fausse, et je n'aime pas ça...
— Bon. Racontez-moi votre histoire rapidement, car je suis invitée chez Mrs. Barber. Qu'est-ce qui vous tracasse ?
— C'est un tailleur, madame. Un très joli tailleur. Il était en devanture, chez Simmons. Je suis entrée l'essayer et il m'a paru très bien. Seulement, j'ai constaté qu'il y avait une petite tache sur la jupe, tout près de l'ourlet. Ce n'était pas très grave, mais j'ai alors compris pourquoi il était si bon marché : à peine plus de treize livres. Je me suis donc décidée à l'acheter. Mais quand je suis rentrée à la maison, j'ai trouvé une étiquette qui portait le prix de vingt-cinq livres. Je ne savais pas quoi faire. Je suis retournée au magasin avec le tailleur. J'ai pensé qu'il valait mieux le rapporter et s'expliquer. Je ne voulais pas que Gladys — la jeune employée qui me l'avait vendu — ait des ennuis. En arrivant, je l'ai trouvée dans tous ses états. Je lui ai dit que je paierais la différence, mais elle m'a répondu que ce n'était pas possible, parce que tout était déjà passé en comptabilité. Vous voyez ce que je veux dire, madame ?

— Oui, bien sûr.
— Et elle m'a dit : « Vous ne pouvez pas faire ça, parce que j'aurais des embêtements. »
— Pour quelle raison ?
— Ma foi, c'est aussi la question que je me suis posée. Elle m'a affirmé que si l'on s'apercevait d'une telle négligence, on pourrait la renvoyer.
— Je ne le crois pas. De toute façon, vous avez fort bien agi. Vous ne pouviez pas faire autre chose.
— Seulement, Gladys s'est mise à pleurer, et je suis repartie avec le vêtement. Maintenant, je ne sais plus quoi faire.

Tuppence poussa un soupir.

— Je me demande si je ne suis pas trop vieille pour savoir ce qu'il faut faire en de telles circonstances. Tout est maintenant si bizarre et si compliqué, dans les magasins ! Les prix comme le reste. Mais, si j'étais à votre place, je pense que je verserais tout simplement la différence à Gladys en lui demandant de mettre l'argent dans la caisse.
— Je ne sais pas si j'aimerais bien cette solution, car elle pourrait le garder. Après tout, je ne sais pas si on peut lui faire confiance.
— La vie est compliquée, n'est-ce pas ? Pourtant, il vous faut prendre une décision. Si vous ne pouvez pas avoir confiance en votre amie...
— Ce n'est pas exactement une amie. Je me sers dans ce magasin, elle est très gentille avec moi, mais c'est tout. Je crois, d'ailleurs, qu'elle a eu un petit ennui dans la maison de commerce où elle travaillait auparavant. On a prétendu qu'elle avait gardé l'argent d'un article qu'elle avait vendu.
— Eh bien, dans ce cas, déclara Mrs. Beresford, je ne ferais rien du tout.

Elle avait parlé d'un ton si ferme qu'Hannibal arriva aussitôt en consultation. Il lança un aboiement à Béatrice, puis bondit sur l'aspirateur qu'il considérait comme un de ses principaux ennemis.

— Je n'ai aucune confiance en cet animal ! grogna Hannibal. J'aimerais bien le mordre.
— Oh, la paix, Hannibal ! dit Tuppence. Cesse

d'aboyer comme ça. Il n'y a personne ni rien à mordre, ici. Mon Dieu ! il faut que je m'en aille. Je vais être en retard.

*
* *

— Toujours des problèmes, murmura Tuppence tandis qu'elle s'engageait dans Orchard Road. Une fois de plus, elle se demandait s'il y avait jamais eu un verger attenant à certaines maisons. Cela lui paraissait improbable[1].

Mrs. Barber l'accueillit chaleureusement et lui offrit des éclairs fort appétissants.

— Les avez-vous achetés chez le pâtissier ? demanda Mrs. Beresford.

— Oh non ! C'est ma tante qui les a faits.

— Les éclairs sont très difficiles à réussir. En ce qui me concerne, je n'ai jamais pu y parvenir.

— Il faut utiliser une farine spéciale. Je crois que tout le secret est là.

Les deux vieilles dames burent leur café, tout en continuant à bavarder.

— Miss Bolland me parlait de vous l'autre jour, dit enfin Mrs. Barber.

— Vraiment ! Qui est Miss Bolland ?

— Elle habite à côté du presbytère. Sa famille est au village depuis longtemps, et elle y est arrivée elle-même alors qu'elle était toute jeune. Elle songe souvent avec nostalgie à ce passé parce que, dit-elle, il y avait dans le jardin des groseilles succulentes, ainsi que des reines-claudes. C'est une chose que l'on ne voit pratiquement plus, aujourd'hui. Je veux parler des vraies reines-claudes. Les prunes que l'on nous vend leur ressemblent, mais elles n'ont pas du tout le même goût.

— Mon grand-oncle avait de vraies reines-claudes, dit Tuppence.

— Celui qui était chanoine à Anchester ? Ne s'appelait-il pas Henderson ? Il habitait ici avec sa

---

1. Orchard Road, c'est-à-dire la rue des Vergers.

sœur, à une certaine époque. La pauvre femme est morte bien tristement. Elle s'est étranglée en mangeant un gâteau à l'anis. Savez-vous que j'ai entendu citer des gens morts du hoquet ? Une fin lamentable, n'est-ce pas ?

CHAPITRE VII

ENCORE DES PROBLÈMES

— Puis-je vous parler un moment, madame ?
— Mon Dieu ! Encore un de vos problèmes ?
Tuppence descendait de la mansarde. Elle devait se rendre à un thé chez une nouvelle amie qu'elle avait rencontrée à la vente de charité, et elle se disait que ce n'était guère le moment de prêter l'oreille aux doléances de Béatrice.

— Ce n'est pas un de mes problèmes, madame. C'est quelque chose qui pourrait vous intéresser.

Tuppence s'arrêta sur le palier du premier étage.

— Je n'ai pas beaucoup de temps, car je dois me rendre à un thé.

— Il s'agit d'une chose que vous m'avez demandée, madame. A propos d'une personne qui s'appelait Marie Jordan. Vous savez, le petit magasin qui se trouve dans le bureau de poste et où l'on vend des cartes postales, des enveloppes, des bibelots...

— Celui de Mrs. Garrison, je crois.

— Oui. Mais ce ne sont plus les Garrison qui le tiennent. Quoi qu'il en soit, j'ai une amie — Gwenda — qui y est employée. Et elle m'a dit qu'elle avait entendu parler d'une Marie Jordan, qui aurait vécu il y a bien longtemps. Dans cette maison même.

— Aux *Lauriers* ?

— Oui, madame. Sauf que la maison ne portait pas ce nom, à l'époque. Donc, mon amie a entendu parler de cette Marie Jordan, et j'ai pensé que ça pourrait vous intéresser. C'est une histoire assez triste, d'ailleurs. La jeune fille a eu un accident, je crois, et elle est morte.

— Et elle habitait dans cette maison ? Faisait-elle partie de la famille ?

— Non. Les propriétaires s'appelaient Parkinson, et elle séjournait chez eux, d'après ce que m'a dit Gwenda. Elle était venue pour faire le portrait de quelqu'un. C'était une artiste.

— De qui faisait-elle le portrait ?

— Je crois qu'il s'agissait d'un petit garçon. Enfin... pas si petit que ça. Connaissez-vous Mrs. Griffin ?

— Très peu. En fait, c'est chez elle que je vais prendre le thé cet après-midi. Nous avons échangé quelques mots l'autre jour, à la vente de charité, mais je ne l'avais jamais rencontrée auparavant.

— C'est une très vieille dame. Plus vieille encore qu'elle ne le paraît. Et, si j'ai bien compris, elle a chez elle le portrait dont je vous parlais. Elle était la marraine du petit garçon. Ou plutôt, non. C'était une amie de sa marraine. Et elle a hérité de ce portrait.

— Comment s'appelait cet enfant ?

— Eh bien, c'était un petit Parkinson.

— Je voudrais vous demander son prénom.

— Il me semble que c'était Alec. Ou peut-être Alix.

— Qu'est-il devenu ?

— Il est mort tout jeune, d'une de ces maladies que l'on ne connaissait pas à l'époque. Le sang change de couleur, ou quelque chose comme ça. De nos jours, on vous enlève votre sang et on vous en met d'autre. Mais, à ce moment-là, le malade ne s'en tirait pas. Mrs. Billings, la pâtissière, avait une petite fille de six ans qui est morte de cette maladie.

— Vous voulez parler de la leucémie, je suppose ?

— Oui, il me semble que c'est ce nom-là. On prétend qu'un jour on trouvera peut-être un vaccin. Comme le vaccin contre la typhoïde.

— Quel âge avait ce garçon, quand il est mort ?

— Il devait avoir treize ou quatorze ans. Mrs. Griffin pourrait certainement vous en parler. Elle a toujours vécu ici et se rappelle des tas de choses. Cela se passait, me semble-t-il, à l'époque de la reine Victoria. Oui, c'était bien ça. La vieille reine était encore en vie. Et il y avait aussi le prince de Galles — celui qui est devenu ensuite Edouard VII. Je connaissais quelqu'un dont la grand-mère avait été femme de chambre dans une maison de la haute société où le prince avait séjourné. Il paraît qu'il était si gentil envers tout le monde. Même envers les domestiques. Et quand il était reparti, elle avait conservé la savonnette dont il s'était servi. Beaucoup plus tard, elle la montrait encore à ses petits-enfants.

— C'est passionnant. Peut-être a-t-il séjourné aux *Lauriers*.

— Oh certainement pas. On en aurait entendu parler. Ici, il n'y avait personne de la haute société. Les Parkinson n'avaient rien à voir avec la noblesse.

— Eh bien, je vous remercie, Béatrice. Il faut maintenant que je m'en aille.

Tuppence s'engagea dans l'escalier du rez-de-chaussée.

— Alexandre Parkinson a dû descendre ici bien souvent, murmura-t-elle. Et il savait que le coupable était « l'un d'eux ».

CHAPITRE VIII

MRS. GRIFFIN

— Je me réjouis que votre mari et vous-même soyez venus habiter ce village, dit Mrs. Griffin tout en servant le thé. Un peu de lait ? Du sucre ?

Elle présenta un plat de sandwiches. Tuppence se servit.

— Connaissez-vous déjà la région, Mrs. Beresford ?

— Pas du tout. Nous avions le choix entre un grand nombre de maisons, et nous en avons visité plusieurs. Mais certaines étaient véritablement affreuses, bien que l'une d'elles fût, d'après l'agence, « dotée d'un charme vieillot ».

— Je connais l'expression, affirma Mrs. Griffin. Elle signifie habituellement que le toit doit être refait. Et quand on vous annonce qu'elle a été « entièrement modernisée », on sait aussi ce que cela veut dire. Mais la vôtre est une maison véritablement charmante. J'imagine, cependant, que vous avez dû y apporter quelques modifications.

— Certes. Je suppose que bien des gens ont dû y vivre tour à tour.

— Oui. De nos jours, beaucoup de personnes semblent ne pouvoir se fixer nulle part.

— Nous nous sommes demandé pourquoi on l'avait baptisée *Les Lauriers*.

— Si on remonte assez loin, probablement à l'époque des Parkinson, il devait y avoir des lauriers tout autour.

— Il semble y avoir eu de nombreux Parkinson dans le village.

— Oui. Ils ont occupé *Les Lauriers* beaucoup plus longtemps que n'importe qui.

— Malgré cela, personne ne semble capable d'en parler.

— C'est que, voyez-vous, il y a de cela bien des années. Et après le... enfin, l'affaire que vous savez, il ne faut pas s'étonner qu'ils aient vendu la maison.

— Avait-elle mauvaise réputation ? Etait-elle insalubre, par hasard ?

— Oh non. Cela n'avait rien à voir avec la maison. Mais il y a eu ce... comment dire ?... ce... malheur ; juste avant la première guerre mondiale. Personne ne pouvait y croire. Ma grand-mère en parlait parfois, et elle prétendait que toute cette affaire avait trait à des secrets militaires. Un nouveau sous-marin. Il y avait à ce moment-là, chez les Parkinson, une jeune fille qui paraissait compromise.

— Etait-ce bien cette Marie Jordan, dont j'ai entendu parler à plusieurs reprises ?

— C'est cela même. Par la suite, on a prétendu que ce n'était pas là son véritable nom. Je crois que quelqu'un la soupçonnait depuis un certain temps :

le jeune Parkinson. Alexandre. Un gentil garçon. Très intelligent, aussi.

LIVRE II

CHAPITRE PREMIER

IL Y A BIEN LONGTEMPS

Tuppence était occupé à choisir des cartes d'anniversaire. L'après-midi était pluvieux, le magasin presque vide. Les gens achetaient rapidement les timbres dont ils avaient besoin, glissaient leurs lettres dans la boîte et rentraient chez eux sans s'attarder.

Gwenda, aisément reconnaissable d'après la description qu'en avait faite Béatrice, n'avait été que trop heureuse de bavarder un moment. C'était elle qui s'occupait du petit magasin, tandis qu'une femme d'un certain âge régnait sur les timbres-poste de Sa Majesté. La jeune fille aimait à parler, et elle s'intéressait toujours aux nouveaux venus qui faisaient leur apparition au village. Aussi Tuppence n'eut-elle aucun mal à l'apprivoiser.

— Je suis contente que cette maison soit à nouveau habitée, dit Gwenda.

— Béatrice m'a dit que vous vous souveniez d'une certaine Marie Jordan, qui y a séjourné autrefois.

— Je ne l'ai pas connue, car il y a bien trop longtemps : c'était avant la guerre. Pas la dernière, l'autre. Au moment où on employait des zeppelins. En 1915 ou 1916, ils sont même venus survoler Londres.

— Je me rappelle m'être trouvée un jour dans un grand magasin au moment d'une alerte.

— Ils venaient parfois la nuit, n'est-ce pas ? Ce devait être effrayant.

— Pas tellement, au fond. Les gens étaient plutôt

en proie à la curiosité. En tout cas, c'était moins terrible que les fusées de la dernière guerre.

— Je veux bien le croire. J'ai une amie, à Londres, qui passait toutes ses nuits dans le métro. A la station Warren Street.

— Je n'étais pas à Londres durant la dernière guerre, dit Tuppence. Et je ne crois pas que j'aurais aimé passer mes nuits dans les couloirs du métro.

— Eh bien, Jenny — c'est l'amie dont je vous parle — adorait ça. Elle disait que c'était marrant. Chacun avait sa propre marche d'escalier, on bavardait, on riait, on mangeait des sandwiches, on dormait. C'était formidable. Jenny prétend que, à la fin de la guerre, ça lui manquait. Elle trouvait son appartement terriblement triste.

— De toute façon, il n'y avait pas de fusées pendant la guerre de 1914. Seulement des zeppelins.

Mais les dirigeables semblaient avoir perdu tout intérêt pour Gwenda. Tuppence revint au sujet qui la préoccupait.

— Vous avez donc entendu parler de Marie Jordan.

— Oui. Ma grand-mère disait qu'elle avait de merveilleux cheveux d'un blond doré. C'était une Allemande. Une *fraulein*, comme on disait alors. Elle s'occupait des enfants. Une sorte de gouvernante. Elle avait séjourné dans une famille de marins, quelque part en Ecosse, et ensuite elle était venue ici. Chez les Parkinson. Elle avait un jour de liberté par semaine et, chaque fois, elle se rendait à Londres. C'est là qu'elle allait apporter les choses.

— Quel genre de choses ?

— Je ne sais pas. Personne ne l'a jamais bien su. Des objets volés, j'imagine.

— L'a-t-on surprise à voler ?

— Je ne crois pas. On commençait à avoir des soupçons, mais elle est tombée malade et elle est morte.

— De quoi est-elle morte ?

— On a dit que la cuisinière avait commis une erreur, qu'elle avait pris de la digitale pour des épinards. Ou pour de la laitue, je ne sais pas. On a même supposé qu'il pouvait s'agir de belladone. Mais je ne peux pas arriver à le croire, car tout le monde connaît la belladone, n'est-ce pas ? Et puis, ça se présente sous la forme de baies noires. Donc, c'était sans aucun doute de la digitale.

— A-t-on transporté la jeune fille à l'hôpital ?

— Non. A cette époque, il n'y avait pas toutes les commodités, vous savez. Et sûrement pas d'hôpital dans les environs. Le médecin est venu, il a fait ce qu'il a pu, mais il était déjà trop tard.

— Y avait-il beaucoup de monde dans la maison, quand cet accident s'est produit ?

— Certainement. J'ai entendu dire qu'il y avait toujours des tas de gens. Surtout pour les week-ends. Et puis, des enfants, une nurse... Mais, bien sûr, je ne sais que ce que j'ai entendu raconter par ma grand-mère. Le vieux Mr. Bodlicott en parle aussi parfois. Vous savez, le père Isaac. Il était jardinier et, tout d'abord, on l'a accusé d'avoir cueilli une plante vénéneuse. En réalité, il n'y était pour rien. C'est quelqu'un de la maison qui a voulu aider à cueillir des salades dans le jardin et qui a rapporté ces feuilles à la cuisinière. Une personne, évidemment, qui ne devait guère s'y connaître en jardinage. Plus tard, à l'enquête, on a déclaré que c'était une erreur que n'importe qui aurait pu commettre, parce que les épinards et les feuilles d'oseille poussaient à côté de la digitale. Et la personne en question a dû cueillir une poignée de digitale en même temps que les autres herbes. Mais c'était tout de même bien triste. D'autant plus que, d'après grand-mère, c'était une très belle fille avec des cheveux extraordinaires.

— Et vous dites qu'elle se rendait à Londres chaque semaine ?

— Oui. Elle disait qu'elle y avait des amis. Grand-mère prétendait qu'elle était étrangère, et on a même murmuré que c'était une espionne allemande.

— L'était-elle vraiment ?

— Je ne le pense pas. Elle paraissait beaucoup plaire aux hommes. Les officiers de marine et ceux qui étaient au camp militaire de Shelton. Mais tout cela est tellement loin ! Avant 1914. A cette époque-là, les familles riches avaient des gouvernantes étrangères — des *mademoiselles* ou des *frauleins*, comme on disait —, et celle-là était très gentille avec les enfants. Tout le monde l'aimait.

— C'était l'époque où elle résidait aux *Lauriers* ?

— La maison ne s'appelait pas ainsi, mais la jeune fille habitait chez les Parkinson, oui. Elle venait de cette ville où l'on fabrique des pâtés et des saucisses, vous savez ? Elle était à moitié allemande et à moitié française.

— Vous voulez dire qu'elle était originaire de Strasbourg, sans doute ? suggéra Tuppence.

— Oui, c'est ça. Elle peignait des tableaux, aussi. Elle avait fait le portrait d'une de mes grand-tantes. Celui d'un des petits Parkinson également. Ce dernier tableau est encore en possession de la vieille Mrs. Griffin. Le garçon avait, paraît-il, découvert quelque chose sur le compte de cette fille. Je crois que c'était le filleul de Mrs. Griffin. Ou celui d'une de ses amies, je ne sais plus.

— S'agit-il d'Alexandre Parkinson ?

— Oui, c'est bien cela. Il est enterré dans le cimetière du village.

CHAPITRE II

MATHILDE, TRUELOVE ET KAY-KAY

Le lendemain matin, Tuppence se mit à la recherche de cet éminent personnage du village connu sous le nom d'Isaac Bodlicott. C'était un personnage non seulement à cause de son âge — il prétendait avoir quatre-vingt-dix ans, bien qu'on ne le crût généralement pas —, mais aussi parce qu'il était capable d'effectuer des réparations de tout genre.

Si vos tentatives pour appeler le plombier s'avéraient infructueuses, il vous suffisait de vous adresser au vieil Isaac. Qu'il fût vraiment qualifié ou non, il connaissait depuis de nombreuses années tous les problèmes concernant les baignoires, les lavabos et même les chauffe-bains — électriques ou non. Ses prix étaient plus raisonnables que ceux d'un spécialiste, et ses réparations étaient souvent étonnamment réussies. Il était également capable d'effectuer des travaux de charpente, de réparer des serrures, d'accrocher des tableaux — parfois un peu de guingois — et de remplacer les ressorts des fauteuils. Il n'avait qu'un seul défaut : il bavardait sans discontinuer, malgré une certaine difficulté à maintenir son dentier en place. De sorte que sa prononciation n'était pas toujours d'une clarté absolue.

Ses souvenirs concernant le passé de la localité étaient inépuisables, mais il était assez malaisé de savoir jusqu'à quel point ils étaient véridiques, car Isaac n'était sûrement pas homme à se refuser le plaisir d'arranger à sa guise une bonne histoire du passé.

— Je vous assure que vous seriez surprise si je pouvais vous dire tout ce que je sais sur cette affaire. Tous les gens croyaient être au courant, mais ils se trompaient. En réalité, la coupable, c'était la sœur aînée. Une fille tellement gentille en apparence. C'est le chien du boucher qui a fait découvrir le pot aux roses en la suivant jusqu'à la maison. Ah ! je pourrais vous en dire encore bien plus. Il y avait aussi la vieille Mrs. Atkins — soixante-quinze ans. Personne ne savait qu'elle avait un revolver chez elle. Personne sauf moi. Je l'avais appris le jour où elle m'avait appelé pour réparer son secrétaire. C'était dans un tiroir de ce meuble qu'elle conservait l'arme. On a prétendu que c'était son fils qui l'avait rapportée d'Afrique. Et savez-vous ce que faisait cette vieille folle ? Elle se plaçait près de la fenêtre de son salon et, lorsque quelqu'un se hasardait à remonter l'allée du jardin, elle tirait un coup de feu de chaque côté. Elle disait qu'elle ne voulait pas qu'on vienne déranger les oiseaux.

Ayant enfin persuadé Mr. Bodlicott de venir remplacer un carreau de la salle de bains, Tuppence se demanda si elle parviendrait à aiguiller la conversation sur quelque souvenir du passé qui leur permettrait, à elle et à Tommy, d'éclaircir le mystère qui les préoccupait et de découvrir ce qui pouvait être caché dans la maison. Le vieux accepta sans difficulté, car il aimait à faire la connaissance de tous les nouveaux habitants de la localité, de tous ceux qui n'avaient pas encore entendu ses extraordinaires réminiscences du passé. Les gens qui le connaissaient bien l'encourageaient rarement à répéter ses histoires. Mais un nouvel auditoire lui procurait toujours un indicible plaisir.

— Il y a encore sur le carrelage des bouts de verre qu'il faudrait balayer, madame.

— Je sais, répondit Mrs. Beresford, mais nous n'avons pas eu le temps.

— Ah ! mais c'est qu'il ne faut plaisanter avec le verre. Un tout petit éclat peut vous blesser sérieusement. On peut même mourir s'il atteint une artère. Je me rappelle Miss Lavinia Shotacomb. Vous ne croiriez pas...

Mrs. Beresfofd n'avait aucune envie d'écouter le récit des mésaventures de Miss Lavinia Shotacomb dont elle avait déjà entendu parler. La vieille fille avait soixante-dix ou quatre-vingts ans, elle était complètement sourde et presque aveugle. Aussi Tuppence se hâta-t-elle d'interrompre le brave jardinier avant qu'il n'allât plus loin.

— J'imagine que vous devez connaître tous les événements extraordinaires qui ont pu se passer autrefois dans le village ?

— Je ne suis plus jeune — je vais sur mes quatre-vingt-dix ans —, mais j'ai toujours eu une bonne mémoire. Et puis, il y a des choses que l'on n'oublie pas, même si elles sont très lointaines.

— C'est merveilleux de songer à tout ce que vous pouvez savoir sur les gens et sur les choses.

— Et pourtant, il n'est pas facile de comprendre les gens. Souvent, ils ne sont pas du tout ce que vous croyez, et ils agissent d'une manière absolument inattendue.

— Les espions, par exemple ? suggéra Tuppence. Ou les criminels ?

Elle tourna les yeux vers le vieil Isaac, mais il se contenta de se baisser pour ramasser un bout de verre.

— Regardez ! Que diriez-vous si celui-ci vous était entré dans la plante du pied ?

Tuppence commençait à croire que le remplacement du carreau de la fenêtre de la salle de bains n'allait pas produire grand effet sur la loquacité du jardinier. Elle lui signala donc que la petite serre qui se trouvait tout contre la maison, à proximité de la porte-fenêtre de la salle à manger, avait, elle aussi, besoin de réparations. Et tous deux descendirent pour examiner le bâtiment en question.

— C'est de ça que vous voulez parler ? demanda Isaac. C'est Kay-kay.

Mrs. Beresford le considéra d'un air intrigué.

— Comment avez-vous dit ?

— Kay-kay. C'est ainsi qu'on l'appelait autrefois.

— Pourquoi ?

— Je n'en sais rien. C'est sans doute un nom que l'on donnait aux petites serres comme celle-là. Les demeures plus importantes ont une vraie serre, où on cultive des capillaires et autres plantes. Mais celle-ci était surtout utilisée par les enfants, qui y rangeaient leurs jouets. Je suppose qu'il doit y en avoir encore, si personne ne les a enlevés. On y apportait aussi les vieilles chaises et tous les objets dont on n'avait plus l'utilité.

— Pouvons-nous y entrer ? demanda Mrs. Beresford en s'approchant de la vitre sale. Je suis sûre qu'il y a là-dedans des tas de choses curieuses.

— J'espère que la clef est encore accrochée au même endroit, dans le petit hangar. Je vais voir.

Le hangar en question n'était qu'un minuscule appentis. Isaac en ouvrit la porte d'un coup de pied, écarta quelques branches et, soulevant un vieux paillasson suspendu au mur, il découvrit trois ou quatre clefs rouillées accrochées à une pointe.

— Les clefs de Lindop, dit-il. L'avant-dernier jardinier. Un ancien vannier qui n'était pas bon à grand-chose. Voulez-vous maintenant aller visiter Kaykay ?

— Bien sûr. Vous ne savez pas d'où vient ce nom ?

— Je crois me souvenir que c'était un mot japonais. Ou peut-être chinois, je ne sais plus.

— Y avait-il donc des Japonais ou des Chinois, dans la région ?

— Oh non ! Certainement pas.

Isaac dénicha quelque part une burette d'huile, et il parvint à faire tourner la clef dans la serrure. Puis il poussa la porte et entra à la suite de Mrs. Beresford.

— Et voilà ! dit-il. Rien que des vieilleries.

— Il y a là un cheval assez curieux.

— C'est Mathilde.

— Mathilde ? répéta Tuppence d'un air intrigué.

— Oui. C'est un nom de femme. Je crois qu'il y avait une reine qui s'appelait ainsi. J'ai même entendu dire que c'était la femme de Guillaume le Conquérant. Mais c'est sûrement une blague. Quoi qu'il en soit, ce cheval venait d'Amérique. C'est le parrain de l'un des enfants qui le lui avait apporté.

— Un des enfants ?

— Un des jeunes Bassington.

Mathilde était passablement délabrée, et sa crinière, autrefois abondante, ne comportait plus que quelques crins.

— Je n'ai jamais vu aucun cheval à bascule qui ressemble à celui-ci, dit Tuppence.

— Ça ne me surprend pas. Généralement, ils se balancent d'avant en arrière, d'arrière en avant, et c'est tout. Celui-ci est différent : il avance par bonds, si on peut dire. D'abord les pattes de devant... hop ! et puis celles de derrière. Si je pouvais monter dessus pour vous faire voir...

— Soyez prudent : vous pourriez tomber.

— Il doit bien y avoir soixante ans que je n'y suis pas monté, mais il est encore solide, vous savez.

Avec une agilité surprenante pour son âge, le vieillard sauta sur le cheval de bois qui se mit en mouvement. En avant, en arrière...

— Ah ! les enfants aimaient ça. Miss Jenny s'en servait tous les jours.

— Qui était Miss Jenny ?

— C'était l'aînée. Celle à qui on avait offert le jouet. Et il y a aussi Truelove.

Tuppence leva vers le vieillard un regard interrogateur.

— C'est le nom de ce petit cheval attelé à cette carriole, qui est là-bas dans ce coin. C'était Miss Pamela qui s'en servait. Elle se plaçait tout en haut de la pente et se laissait glisser jusqu'en bas. A cet endroit-ci, il y avait des pédales, mais elles ne fonctionnaient plus. Alors, la petite demoiselle freinait avec ses pieds. Mais, parfois, il lui arrivait d'aller atterrir dans les araucarias.

— Ce qui ne devait pas être particulièrement agréable.

— Oh ! elle s'arrêtait généralement avant d'y arriver. Une jeune personne très sérieuse, Miss Pamela. Tout en m'occupant des parterres, je l'observais souvent. Mais je ne lui parlais pas, car elle était un peu sauvage. Et puis, elle s'absorbait tellement dans ce qu'elle faisait, ou dans ce qu'elle croyait faire...

— Que croyait-elle donc faire ? demanda Tuppence, qui prenait soudain plus d'intérêt à Miss Pamela qu'elle n'en avait pris à Miss Jenny.

— Parfois, elle disait qu'elle était une princesse en fuite : Mary, reine de... d'Irlande ou d'Ecosse ?

— D'Ecosse.

— C'est ça. Miss Pamela se prenait pour Mary échappant à ses ennemis pour aller se placer sous la protection de la reine Elizabeth. Mais je crois qu'Elizabeth était sans pitié.

Tuppence essaya de cacher la déception qu'elle éprouvait.

— Eh bien, tout cela est fort intéressant. Qui étaient ces gens, avez-vous dit ?
— C'étaient les Bassington.
— Avez-vous connu Mary Jordan ?
— Non. C'était un peu avant mon arrivée. Mais je vois de qui vous voulez parler. L'espionne allemande, hein ? La *fraulein*, comme on l'appelait.

Le vieux se tut un instant.

— A propos, il serait temps de s'occuper un peu du jardin, madame. Si vous voulez avoir des haricots, il faudrait les semer dès maintenant. Et un peu de laitue précoce, aussi.
— Vous avez dû faire beaucoup de jardinage, dans votre vie, n'est-ce pas ? Non seulement dans cette maison, mais ailleurs.
— C'est vrai. J'allais presque chez tout le monde. Beaucoup de gens avaient des jardiniers qui ne valaient pas cher, et il me fallait aller donner un coup de main un peu partout, à certaines époques de l'année. Une fois, il s'est produit un accident, dans cette maison même. Une erreur qu'on avait commise en cueillant des herbes, ou des salades. Je n'étais pas encore là, mais j'en ai entendu parler.
— Est-ce que ce n'était pas une histoire de digitale, ou quelque chose dans ce genre ?
— C'est drôle que vous l'ayez déjà appris. Il y a si longtemps de cela. Un des habitants de la maison avait été malade, à ce qu'on m'a raconté.
— Je crois que c'était la *fraulein*. Et on m'a même affirmé qu'elle était morte.
— La *fraulein* ? Ma foi, je ne le savais pas.
— Il se peut que je me trompe, notez bien. Dites-moi, si vous placiez Truelove en haut de la pente, comme le faisait Miss Pamela ? Cela m'amuserait.
— Faites attention, car Truelove est peut-être un peu rouillé. Il faudrait que je le nettoie et que je le vérifie.
— Vous avez raison. Ensuite, vous m'indiquerez les légumes que nous devrions cultiver ici.
— Il vous faudra prendre garde de ne pas confondre l'oseille et la digitale. Je ne voudrais pas

qu'il se produise un autre accident au moment où vous venez d'emménager. Vous avez là une jolie petite maison, si vous avez un peu d'argent pour y faire effectuer quelques réparations. Eh bien, je vais jeter un coup d'œil à Truelove. Il n'est pas neuf, mais ces vieux machins marchent encore. L'autre jour, un de mes cousins a acheté une vieille bicyclette qui n'avait pas roulé depuis une quarantaine d'années. Mais il a suffi d'un peu d'huile pour tout remettre en ordre. C'est extraordinaire ce que peuvent faire quelques gouttes d'huile.

CHAPITRE III

SIX IMPOSSIBILITÉS

Tommy, lorsqu'il rentrait à la maison, trouvait parfois Tuppence dans les endroits les plus invraisemblables. Ce soir-là, il fut plus étonné encore que de coutume. Il commençait à pleuvoir, et cependant elle n'était nulle part dans l'appartement. Il lui vint alors à l'idée qu'elle avait pu se rendre au jardin. Elle s'y trouvait effectivement.

— Je ne t'attendais pas si tôt, fit-elle observer.
— Que diable est ce truc-là ?
— Tu veux parler de Truelove ?
— Comment appelles-tu cet engin ?
— Truelove. C'est son nom.
— Et tu te proposes de monter là-dedans ? C'est beaucoup trop petit pour toi.
— Je sais. C'est un jouet d'enfant.
— Mais ça ne fonctionne pas, je suppose ?
— Eh bien, pas exactement. Mais si on le traîne jusqu'au sommet de la pente, il peut la descendre sans difficulté.
— Et on va s'écraser en bas.
— Pas du tout. On freine avec les pieds. Veux-tu que je te fasse une démonstration ?
— Ça ne me tente pas. D'ailleurs, il commence à

pleuvoir. Pourtant, j'aimerais bien savoir ce qui t'intéresse tellement dans cette vieillerie.

— Mon Dieu, je poursuis ma petite enquête. Je me suis demandé quels objets pouvaient être cachés dans cette maison, et je suis venue examiner ces vieux jouets, qui ont été rangés dans cette serre il y a des années et des années. C'est ainsi que j'ai fait la découverte de Truelove. Et il y a également Mathilde, un antique cheval à bascule avec un trou dans le ventre.

— Un trou dans le ventre ?

— Oui. J'imagine que les enfants devaient y fourrer des tas de choses : des papiers, des chiffons...

— Rentrons maintenant à la maison, veux-tu ?

*
* *

Tuppence s'installa dans son fauteuil, devant le feu de bois qu'elle avait allumé dans la cheminée du salon.

— Alors, quelles nouvelles ? Es-tu allé à cette exposition, au Ritz ?

— Non. Je n'ai pas eu le temps.

— Pas le temps ? Je croyais que tu étais allé à Londres tout exprès.

— On ne fait pas toujours ce que l'on a projeté, tu sais.

— Tu as bien dû, cependant, faire quelque chose.

— J'ai trouvé un nouvel endroit pour garer la voiture.

— Ça peut toujours servir. De quel côté ?

— Près de Hounslow.

— Que diable es-tu allé fabriquer à Hounslow ?

— J'y ai simplement parqué la voiture, et puis j'ai pris le métro.

— Pour Londres ?

— Oui. Ça m'a paru être le moyen de locomotion le plus pratique.

— Il me semble que tu as un air coupable. Ne me dis pas que j'ai une rivale à Hounslow.

— Non. Et tu devrais être heureuse de ce que j'ai fait.

— Ah oui ? M'as-tu acheté un cadeau ?

— Ma foi, non. Je ne sais jamais quoi t'offrir.

— Tu réussis pourtant assez bien, quelquefois. Mais qu'as-tu donc fait dont je devrais me montrer satisfaite ?

— J'ai effectué, moi aussi, certaines recherches.

— Tout le monde semble occupé à faire des recherches, de nos jours. Sur quoi portent les tiennes ? Sur les tondeuses à gazon ?

— Je me demande bien pourquoi tu penses aux tondeuses à gazon.

— Parce que je sais que, depuis quelque temps, tu meurs d'envie d'en acheter une.

— Dans cette maison, ce sont plutôt des recherches historiques que nous effectuons — sur les crimes et les événements étranges survenus il y a soixante ou soixante-dix ans. En réalité, mes recherches rejoignent les tiennes. Seulement, nous employons des méthodes différentes.

— Veux-tu laisser entendre que tu t'intéresses maintenant au problème de Marie Jordan ? A propos, ne trouves-tu pas que c'est là un nom bien quelconque ? Si elle était allemande, ce ne pouvait être son vrai nom. Or, on prétend qu'elle l'était. Mais, après tout, elle pouvait être anglaise. Veux-tu continuer ton exposé ? Jusqu'ici, tu ne m'as pas appris grand-chose.

— Il est parfois difficile de s'expliquer. Néanmoins, on peut découvrir certains détails autrement qu'en s'intéressant à d'antiques jouets et en interrogeant des jardiniers, des vieilles dames et des demoiselles de magasins qui ne te raconteront probablement que des histoires à dormir debout.

— J'ai cependant appris, par cette méthode, des faits qui ne manquent pas d'intérêt. Où es-tu allé toi-même faire ton enquête ?

— Tu dois te rappeler que je me suis trouvé, en certaines circonstances, en contact avec des gens au courant de ce genre de choses. Des gens que l'on paie pour effectuer des recherches aux bons endroits et qui peuvent ainsi fournir des renseignements sûrs. On peut examiner des actes de naissance, de mariage, de décès, compulser des testaments.

— As-tu dépensé une grosse somme pour faire effectuer de telles recherches ? Je croyais que tu avais l'intention de faire des économies.

— Ma foi, étant donné l'intérêt que tu portes à ce problème, il m'a semblé que c'était de l'argent bien dépensé.

— As-tu, du moins, obtenu des renseignements ?

— Pas si vite. Il faut un peu de patience.

— Va-t-on, par exemple, venir te dire que Marie Jordan est née à tel endroit, et vas-tu ensuite aller toi-même effectuer sur place un complément de recherches ?

— Pas exactement. Il y a aussi les résultats de recensement, les certificats de décès qui indiquent la cause de la mort, d'autres détails encore. On peut également aller compulser les vieux journaux, entrer en contact avec certaines personnes, renouer avec de vieux amis connus à l'époque où nous avions une agence de police privée, à Londres. Nos méthodes ne sont pas les mêmes, mais les tiennes sont peut-être aussi bonnes, après tout. Je n'oublierai jamais le jour où je suis entré dans cette pension Sans-Souci et où je t'ai aperçue, sagement occupée à tricoter. Tu te faisais appeler Mrs. Blenkinsop.

— Parce que je n'avais personne pouvant effectuer des recherches à ma place.

— Et lorsque tu t'étais faufilée dans la garde-robe de la chambre attenante à celle que j'occupais ! Tu avais ainsi appris où je comptais me rendre et ce que je comptais faire. De sorte que tu étais arrivée la première sur les lieux. Ça s'appelle écouter aux portes, ni plus ni moins. Et c'est parfaitement incorrect.

— Seulement, ça avait donné des résultats fort satisfaisants.

— Il est vrai que tu as, en quelque sorte, le don de la réussite.

— Un jour, nous éclaircirons l'énigme que nous

cherchons en ce moment. Pourtant, ces événements sont si lointains que je ne puis m'empêcher de me demander si tout cela a maintenant beaucoup d'importance. Je ne le crois pas. Mais je sais ce qu'il nous faut faire à présent.

— Quoi ?

— Croire à six impossibilités avant le petit déjeuner de demain. Il est onze heures moins le quart, et je veux aller dormir. Tout de même, il faut que je procède, auparavant, à une toilette soignée, car je suis extrêmement sale d'avoir tripoté ces vieux jouets. Je pense, d'ailleurs, que nous ferons d'autres découvertes dans cette serre. Eh bien, je vais monter.

— Rappelle-toi : six impossibilités avant le petit déjeuner !

— Dans ce domaine, je suis certaine de te battre.

— Je sais que tu as souvent des trouvailles inattendues.

— Mais tu te trompes, en général, moins souvent que moi. C'est vexant. Bah ! tous ces petits ennuis nous sont envoyés « pour nous mettre à l'épreuve ». Qui est-ce qui a dit ça, autrefois ?

— Je ne sais plus. Peu importe. Va donc te débarrasser de la poussière des années passées. A propos, Isaac est-il bon jardinier ?

— Il en est convaincu, en tout cas. On peut toujours tenter une expérience avec lui.

— Malheureusement, nous n'entendons pas grand-chose au jardinage. Ni toi, ni moi. Encore un autre problème.

CHAPITRE IV

TRUELOVE, OXFORD ET CAMBRIDGE

— Six impossibilités avant le petit déjeuner, murmura Tuppence.

Elle avala une tasse de café et considéra un œuf

frit, qui restait sur le plat, flanqué de deux rognons à l'air fort appétissant.

— Déjeuner vaut mieux que de songer à des choses impossibles. C'est Tommy qui s'est lancé dans des recherches impossibles. Que peut-il en sortir ?

Elle s'attaqua à l'œuf et aux rognons.

— C'est agréable d'avoir un petit déjeuner différent.

Pendant longtemps, elle s'était contentée, chaque matin, d'une tasse de café suivie d'un jus d'orange ou de pamplemousse. Bien que cela fût satisfaisant lorsqu'il y avait à résoudre un problème de poids, elle n'appréciait guère ce genre de déjeuner. Les plats chauds posés sur la desserte stimulaient autrement la sécrétion des sucs digestifs !

— Je suppose que les Parkinson prenaient un déjeuner comme celui-ci : des œufs frits ou pochés, accompagnés de bacon, de rognons ou de tout autre chose.

Elle s'interrompit soudain : des bruits bizarres parvenaient jusqu'à elle.

— Que se passe-t-il ? Quelle étrange cacophonie, en vérité !

Elle leva les yeux au moment où Albert entrait dans la salle à manger.

— Qu'y a-t-il donc, Albert ? Ne me dites pas que ce sont les ouvriers qui ont apporté un harmonium ou un autre instrument du même genre.

— Non, madame. C'est l'accordeur de pianos, qui est à l'ouvrage.

— Vous avez déjà réussi à l'avoir ? Mais vous êtes merveilleux, Albert.

Le domestique sourit de plaisir.

— Il prétend que le piano avait grand besoin d'être accordé.

— Je n'en doute pas une seconde.

Tuppence but une autre tasse de café, puis se leva et passa dans le salon. Un jeune homme était effectivement penché sur le grand piano à queue.

— Bonjour, madame, dit-il.

— Bonjour. Je suis heureuse que vous ayez pu venir aussi vite. Nous venons de déménager, et les pianos ne supportent guère d'être trimbalés d'un endroit à un autre. Et puis, il faut dire qu'il n'avait pas été accordé depuis longtemps.

— Je m'en suis aperçu. Mais c'est un bel instrument que vous avez là.

— Oui. Un Erard.

— Un piano que vous ne trouveriez pas facilement, de nos jours.

— Il a pourtant traversé des moments difficiles. Pendant la guerre, notre quartier a été bombardé, à Londres. Heureusement, nous étions absents. D'ailleurs, notre immeuble n'a pas été gravement endommagé.

La conversation se poursuivit pendant quelques instants, puis le jeune homme se mit à jouer les premières mesures d'un prélude de Chopin, avant d'interpréter un passage du *Beau Danube bleu*. Bientôt, il annonça que son travail était terminé.

— Vous avez dû avoir fort à faire pour remettre cette maison en état, n'est-ce pas ? dit-il en jetant un coup d'œil autour de lui.

— Oui. D'autant plus qu'elle était inhabitée depuis un certain temps.

— Et elle a aussi changé de mains assez souvent.

— J'ai cru comprendre qu'elle avait toute une histoire. Enfin, je veux parler des gens qui l'ont habitée à une certaine époque. Et il s'y serait, m'a-t-on affirmé, passé des événements assez étranges.

— Oh ! vous faites allusion à des faits fort anciens...

— Et qui n'auraient pas été sans rapport avec certains secrets militaires.

— J'ai entendu parler de tout cela, en effet. Mais je n'étais pas encore né, à cette époque.

Lorsque l'accordeur eut pris congé, Tuppence se mit au piano. Elle commença par plaquer quelques accords, puis joua l'accompagnement d'une romance dont elle fredonna les paroles.

Mon bel amour s'en est allé
Oh ! pourquoi t'enfuir loin de moi ?

Les oiseaux chantent dans les grands bois,
Et mon cœur attend le retour
De l'ami fidèle.

— Je crois que je ne joue pas dans le ton, murmura Tuppence. Mais peu importe : le piano est de nouveau en état. « Mon cœur attend le retour de l'ami fidèle. » L'ami fidèle... Truelove... Truelove...

La vieille dame se leva, alla changer de chaussures, enfila un pull-over et descendit au jardin. Truelove avait été rangé non point à sa place habituelle, mais dans l'ancienne écurie. Elle le sortit et le traîna jusqu'au sommet de la pente. L'ayant rapidement épousseté avec un chiffon qu'elle avait apporté à cet effet, elle grimpa dans la petite carriole et plaça les pieds sur les pédales.

— Et maintenant, Truelove, allons-y ! Mais pas trop vite.

Elle ôta les pieds de dessus les pédales et les plaça de manière à pouvoir freiner lorsque cela deviendrait nécessaire. Truelove ne paraissait pas particulièrement nerveux. Cependant, la pente devenant soudain plus raide, il prit rapidement de la vitesse. Tuppence se mit à freiner énergiquement. Malgré cela, elle arriva avec Truelove en un endroit assez peu accueillant de l'araucaria.

Elle s'extirpa péniblement des buissons piquants, se brossa la jupe et promena ses regards autour d'elle. A quelques pas de là, la végétation, plus touffue, partait à l'assaut de la pente opposée. Il y avait des rhododendrons et des hortensias qui, se dit-elle, seraient ravissants, le moment venu. Mais, pour l'instant, ils n'étaient pas particulièrement beaux. Ils ne formaient guère qu'un épais fourré. Elle remarqua alors une sorte de sentier envahi par l'herbe. Personne ne l'avait évidemment emprunté depuis de longues années. Elle brisa deux ou trois branches qui la gênaient et reprit sa marche.

— Je me demande où il conduit, dit-elle à mi-voix.

Il y avait maintenant quelques lauriers — peut-être ceux qui avaient donné leur nom à la maison —, puis le sentier devenait pierreux, plus pénible, pour se terminer finalement au pied de quatre marches couvertes de mousse et conduisant à une sorte de niche à l'intérieur de laquelle se trouvait une statue posée sur un piédestal. La statue, rongée par les intempéries et représentant un garçonnet portant un panier sur la tête, rappela aussitôt quelque chose à Tuppence.

— Elle ressemble à celle que tante Sarah avait dans son jardin. Et il y avait aussi des lauriers.

Quand elle était enfant, elle avait parfois rendu visite à la tante Sarah. Dans le même genre de niche, se trouvait un petit personnage comme celui-ci, supportant un panier dans lequel la fillette, alors âgée de six ou sept ans, déposait une offrande tout en faisant un vœu. Et le vœu se réalisait presque toujours.

Tuppence s'assit sur une des marches moussues.

— Il se réalisait parce que je trichais, bien sûr. Je souhaitais toujours une chose dont j'étais à peu près certaine qu'elle se produirait. Je pouvais ensuite avoir l'impression que mon vœu avait été miraculeusement exaucé. Quel plaisir, toutes ces choses que l'on pouvait inventer et auxquelles on pouvait croire.

Elle se leva en poussant un soupir et redescendit le sentier pour regagner la petite serre qui portait le nom mystérieux de Kay-kay. Elle y retrouva Mathilde, seule et abandonnée dans son coin. Mais deux autres objets attirèrent son attention : c'étaient deux tabourets en porcelaine ornés de dessins représentant des cygnes blancs. L'un était bleu foncé, l'autre bleu clair.

— Je me rappelle avoir vu chez ma tante des objets semblables, lorsque j'étais petite fille. Ils se trouvaient sous la véranda, et on les avait baptisés Oxford et Cambridge. Mais les dessins représentaient des canards, me semble-t-il. Et il y avait dans le siège le même genre de fente, en forme de S. Je vais dire à Isaac de les nettoyer, et nous pourrons les mettre dans la loggia.

Tuppence fit demi-tour pour sortir. Mais, ce faisant, elle buta contre la bascule de Mathilde.

— Oh, mon Dieu !

Son pied avait heurté le tabouret de porcelaine bleu foncé, qui s'était renversé et brisé.

— Eh bien, voilà que je viens de tuer Oxford. Je ne pense pas qu'il soit possible de le recoller. Il faudra que nous nous contentions de Cambridge.

*
* *

Pendant ce temps, Thomas Beresford était en conversation avec un vieil ami.

— J'ai appris que votre femme et vous étiez allés vous fixer à la campagne, quelque part du côté de Holloquay, dit le colonel Atkinson, et je me demande encore ce qui vous a conduits jusque-là. Une raison particulière ?

— Nous avons eu la maison pour un bon prix, c'est tout.

— Comment s'appelle-t-elle ? Il faut que vous me donniez l'adresse.

— Nous pourrions la baptiser *Villa du Cèdre*, car il y a un très beau cèdre devant la porte, mais elle s'appelle *Les Lauriers*. Ça fait un peu victorien, ne trouvez-vous pas ?

— *Les Lauriers. Les Lauriers*, à Holloquay. Ma parole, qu'avez-vous en tête ?

Tommy leva vivement les yeux.

— Vous mijotez quelque chose, hein ? insista le colonel. Auriez-vous, par hasard, repris du service ?

— Je suis trop vieux pour ça. Je me suis retiré de ce genre d'affaires.

— C'est précisément la question que je me pose. Peut-être est-ce là ce qu'on vous a demandé de déclarer. Après tout, il y a bien des détails de cette affaire que nous n'avons jamais découverts.

— De quelle affaire voulez-vous parler ?

— Du scandale de Cardington, qui a suivi cette histoire de lettres et de sous-marin.

— Il me semble en effet, en avoir vaguement entendu parler.

— En réalité, ça n'avait rien à voir avec le sous-marin, mais c'est cette dernière affaire qui a attiré l'attention sur l'autre. Et puis, il y a eu ces lettres, qui ont tout dévoilé sur le plan politique. Si on avait pu s'en emparer, bien des choses auraient été changées. Cela aurait compromis plusieurs personnages qui, à l'époque, étaient très haut placés au sein du Gouvernement. Il est étrange de constater comment se passent les choses. Les traîtres sont souvent hautement considérés et toujours les derniers à être soupçonnés. C'est ainsi que, dans cette affaire, bien des points n'ont jamais été éclaircis. Peut-être vous a-t-on envoyé jeter un coup d'œil dans les environs, non ?

— Un coup d'œil sur quoi ?

— La Sécurité du Territoire pensait que des documents de valeur pouvaient être cachés dans cette maison que vous habitez maintenant, et qu'ils avaient pu être expédiés à l'étranger — on a parlé de l'Italie — au moment où les coupables ont été alertés. D'autres pensaient qu'ils pouvaient être dissimulés quelque part dans les environs. Une vieille maison comme celle-là comporte forcément des caves, des dallages, d'autres endroits encore où l'on peut aisément cacher certains objets compromettants. Allons, Tommy, soyez franc. Je vous soupçonne d'être encore une fois en chasse.

— Je vous assure que je ne m'occupe plus de tout ça.

— Hum ! C'est aussi ce que l'on croyait, au début de la dernière guerre, lorsque vous avez coincé cet Allemand. Joli petit travail. Vous pourriez fort bien être, en ce moment, sur une nouvelle piste.

— Sottises que tout cela. Il ne faut pas vous mettre ces idées en tête. Je ne suis plus maintenant qu'un vieux bonhomme.

— Un vieux rusé, oui. Je suis persuadé que, avec votre air de ne pas y toucher, vous êtes meilleur que n'importe lequel de nos jeunes agents. Mais je suppose qu'il ne faut pas vous poser de questions trop précises, afin de ne pas trahir des secrets d'Etat. Quoi qu'il en soit, faites attention à votre femme. Vous savez qu'elle s'est toujours montrée particulièrement intrépide, et rappelez-vous qu'elle l'a échappé belle, une fois.

— Elle ne s'intéresse guère, en ce moment, qu'à l'histoire du village, aux gens qui l'habitent et à ceux qui l'ont habité autrefois. A son jardin, aussi, et aux tulipes qu'elle se propose de cultiver.

— Peut-être vous croirai-je s'il s'écoule un an sans que rien d'extraordinaire se soit passé. Mais je vous connais, et je connais également Mrs. Beresford. A vous deux, vous formez un couple assez exceptionnel, et je serais prêt à parier que vous ne tarderez pas à lever encore quelque joli lièvre. Si jamais ces documents voient le jour, cela provoquera une sacrée secousse dans le monde politique, et certaines personnes ne seront pas à la noce : des personnes qui passent en ce moment pour des modèles de droiture, mais que d'aucuns considèrent tout de même comme éminemment dangereuses. Ne perdez pas cela de vue, et soyez prudent si vous tentez quelque chose. Encore une fois je vous recommande de veiller sur votre femme. Il n'y en a pas une sur mille comme elle, et je plains celui aux trousses de qui elle se lancera. Peut-être est-elle déjà en chasse en ce moment même.

— Ça me surprendrait. Elle est probablement en train de prendre le thé avec une vieille dame.

— Les vieilles dames peuvent parfois fournir des renseignements utiles. Les vieilles dames et les enfants. Les gens les plus invraisemblables peuvent mettre à jour une vérité à laquelle personne n'avait jamais songé. Je pourrais vous en dire long, là-dessus.

*
* *

Tommy regardait distraitement le paysage qui défilait devant ses yeux.

— Cet animal-là connaît généralement le dessous des cartes, murmura-t-il entre ses dents. Mais tout cela appartient au passé. Les événements antérieurs à la guerre de 1914 ne peuvent plus guère avoir d'importance.

Il se replongea dans ses réflexions. De nouvelles idées avaient vu le jour : le Marché commun, par exemple. L'Angleterre était différente de ce qu'elle avait été. Mais, au fond, l'était-elle vraiment ? En dessous de la surface de l'eau, il y a toujours de la boue. L'eau n'est pas claire jusqu'aux cailloux qui parsèment le lit de la rivière ou jusqu'aux coquillages qui tapissent le fond de la mer. Il y a toujours quelque chose de mouvant, de trouble. Mais certainement pas dans un endroit comme Holloquay. La localité n'était plus ce qu'elle avait été autrefois. D'abord village de pêcheurs, elle était devenue une petite Riviera anglaise pour ne plus être finalement qu'une station d'été fréquentée au mois d'août. Aujourd'hui, la plupart des gens préfèrent les voyages en groupe à l'étranger.

*
* *

Tuppence quitta la table du dîner et passa dans le salon pour déguster son café devant la cheminée où brûlait un feu de bûches.

— Alors, était-ce amusant ou non ? demanda-t-elle. Comment était ton vieux monsieur ?

— Bah ! comme un vieux monsieur. Et ta vieille dame ?

— Je ne l'ai pas vue, car l'accordeur de pianos est venu, et ensuite il a plu. C'est grand dommage : elle m'aurait peut-être appris des choses intéressantes.

— Mon ami le colonel Atkinson m'a passablement surpris. Que penses-tu de cet endroit où nous sommes venus échouer, Tuppence ?

— Tu veux parler de la maison ?

— Pas seulement de la maison, mais aussi de la localité en général.

— Mon Dieu, c'est un agréable petit village.

— Qu'entends-tu par « agréable » ?

— Oh ! je sais que c'est un mot que l'on méprise souvent, je ne sais pourquoi. Je suppose qu'un endroit agréable est celui où l'on est heureux qu'il ne se passe rien... Bien qu'il ait failli m'arriver quelque chose, aujourd'hui.

— Que veux-tu dire ? Aurais-tu fait quelque sottise ?

— Bien sûr que non.

— Alors ?

— Tu sais, le panneau de verre qui recouvre la serre ? L'autre jour, il tremblait légèrement. Eh bien, aujourd'hui, il a failli me tomber sur la tête. Il est probable qu'il m'aurait tuée. J'ai eu de la chance, mais je t'assure que cela m'a fait une de ces peurs !

— Il faudra demander à Isaac de venir vérifier tout ça. Je ne tiens pas à ce qu'il t'arrive un accident.

— Je suppose que quand on achète une vieille maison, il y a toujours des ennuis inévitables.

— Crois-tu qu'il y ait, dans celle-ci, quelque chose d'anormal ?

— Pourquoi y aurait-il quelque chose d'anormal ?

— Parce que j'ai appris certains détails étranges.

— Au sujet de la maison ?

— Oui.

— Voyons, Tommy, cela semble impossible.

— Pourquoi impossible ? Parce qu'elle a un petit air innocent et qu'elle est repeinte à neuf ?

— Non. L'air innocent et la peinture, c'est à nous qu'elle le doit. Car elle se trouvait en assez mauvais état quand nous l'avons achetée.

— C'est d'ailleurs pour cette raison qu'elle était bon marché.

— Tu as l'air bizarre, Tommy. Que se passe-t-il ?

— Le colonel Atkinson m'a demandé de ne pas commettre d'imprudences et de veiller tout spécialement sur toi.

— Je ne vois pas bien ce que je devrais craindre.

— Il semblerait, d'après lui, que nous nous trouvions en un lieu où tu pourrais avoir à faire preuve de prudence.

— Que diable cela signifie-t-il ?

— Il est persuadé que nous sommes ici en service actif, comme au bon vieux temps, et que nous avons été probablement envoyés par la Sécurité du Territoire pour découvrir ce qu'il pouvait y avoir d'étrange ou d'anormal.

— Je me demande si c'est toi qui rêves, Tommy, ou bien si c'est ce brave colonel moustachu. Si toutefois il a bien insinué une chose semblable.

— Il semble croire véritablement que nous sommes ici pour remplir une mission bien précise. Pour découvrir quelque chose.

— Découvrir quoi ?

— Quelque chose qui pourrait être caché dans la maison.

— Tommy ! Es-tu fou ? Ou bien est-ce lui ?

— Ma foi, j'ai d'abord pensé qu'il pouvait l'être, mais je n'en suis plus aussi sûr.

— Que pourrait-il y avoir à découvrir dans cette maison ? Un trésor caché ? Les joyaux de la couronne de Russie ?

— Il ne s'agit pas d'un trésor, mais de documents susceptibles de présenter un danger pour quelqu'un.

— Voilà qui est étrange, en vérité.

— Aurais-tu, par hasard, découvert quelque chose ?

— Non. Mais il semble s'être produit ici une sorte de scandale, il y a bien longtemps. Personne ne doit s'en souvenir vraiment, mais c'est une histoire que l'on se transmet d'une génération à l'autre, et Béatrice a une amie qui paraît être au courant d'un certain scandale auquel Marie Jordan aurait été mêlée.

— Ne laisses-tu pas un peu trop travailler ton imagination, Tuppence ? Te crois-tu revenue aux jours glorieux de notre jeunesse, à l'époque lointaine où un passager du *Lusitania* avait remis à une certaine jeune fille un document secret ? Crois-tu revivre notre aventure à la poursuite de l'énigmatique Mr. Brown ?

— Seigneur, comme tout cela est loin ! Si loin que ça paraît irréel.

— Et pourtant, c'est bien la vérité.

— Que t'a raconté exactement Atkinson ?

— Si j'ai bien compris, il s'agirait de lettres susceptibles de créer des remous d'ordre politique pouvant couler définitivement un personnage haut placé.

— Et ces documents dateraient de l'époque de Marie Jordan ? Ça paraît invraisemblable. Tommy, tu as dû dormir dans le train et rêver toute cette histoire. Mais, puisque nous sommes sur place, nous pouvons aussi bien jeter un coup d'œil.

— Je ne puis vraiment croire que quelque chose soit caché ici.

— Je ne puis le croire, moi non plus. Trop de gens ont vécu dans cette maison, depuis cette époque lointaine.

— Bah ! cela ne nous empêche pas de fouiner un peu de-ci de-là, lorsque nous n'aurons rien d'autre à faire et que nous aurons mal au dos à force de planter des oignons de tulipes. Réfléchissons un instant. Si je voulais cacher un objet, quel endroit choisirais-je pour qu'il ait des chances de ne pas être découvert ?

— Avec tous les gens qui ont passé ici — les enfants, les jardiniers, les gouvernantes, les agents immobiliers et tous les autres —, il me semble difficile que des documents aient pu rester ensevelis des années et des années.

— On ne sait jamais. Ils pourraient se trouver en un endroit tout à fait inattendu : une quelconque théière, par exemple.

Tuppence se leva, s'approcha de la cheminée et grimpa sur un tabouret pour atteindre une vieille théière dont elle souleva le couvercle.

— Pas dans celle-ci, en tout cas.

Elle fronça un peu les sourcils, avant de reprendre d'une voix où perçait plus d'espoir que de crainte :

— Crois-tu que quelqu'un ait libéré volontairement cette vitre de la serre pour tenter de me tuer ?

— C'est peu probable.

— Tant pis. J'aimerais croire que je viens d'échapper à un attentat.

— Quoi qu'il en soit, il faut te montrer prudente. Et je te surveillerai de près, moi aussi.

— Tu te fais toujours du souci pour moi.
— Tu devrais te féliciter d'avoir un mari qui se tracasse à ton sujet.
— Personne n'a essayé de tirer sur toi ou de faire dérailler le train, n'est-ce pas ?
— Non. Mais nous vérifierons les freins de la voiture, la prochaine fois que nous la prendrons. Soyons sérieux. Tout cela est parfaitement ridicule.
— Parfaitement ridicule, répéta Tuppence. Tout de même...
— Tout de même quoi ?
— Alexandre Parkinson croyait savoir qui avait tué Marie Jordan. *C'est l'un de nous*, écrivait-il. *Nous*. Il faut savoir qui désignait ce *nous*, qui se trouvait dans cette maison au moment du crime. En fait, c'est un crime que nous avons à élucider. Il nous faut remonter le cours des années pour tâcher d'apprendre ce qui s'est réellement passé. Et pourquoi. Voilà une chose que nous n'avons encore jamais tentée.

CHAPITRE V

MÉTHODES DE RECHERCHES

— Où diable es-tu allée, Tuppence ? demanda Mr. Beresford en rentrant à la maison le lendemain.
— En dernier lieu, je me trouvais à la cave.
— Je m'en serais douté. Tu as les cheveux couverts de toiles d'araignée.
— Comment en serait-il autrement ? La cave en est pleine. Seulement, il n'y a rien d'autre. Hormis quelques bouteilles de tafia de laurier.
— Du tafia ?
— Oui. Est-ce que ça se boit ?
— Pas le tafia de laurier, en tout cas. On l'utilisait autrefois comme lotion capillaire. Les hommes. Pas les femmes.
— Cela n'a aucune espèce d'intérêt, n'est-ce pas ?

Il ne viendrait à l'idée de personne de cacher quelque chose dans une bouteille de tafia.

— Tu faisais donc des recherches dans la cave ?

— Ma foi, il faut bien commencer quelque part. Si ce que t'a dit ton ami est exact, il est possible que quelque chose soit caché ici. Mais il est difficile d'imaginer où cela peut se trouver. Quand on vend une maison, elle est généralement vide. A la mort du propriétaire, les héritiers se débarrassent souvent de la plupart des meubles, de sorte qu'il ne peut jamais rien y avoir ayant appartenu à des gens disparus depuis longtemps.

— Dans ce cas, pourquoi chercherait-on à s'en prendre à toi ou à moi ? Pourquoi essaierait-on de nous faire quitter les lieux ?

— Ça, c'est une idée à toi, et il se peut qu'elle soit complètement fausse. Quoi qu'il en soit, je n'ai pas entièrement perdu ma journée. J'ai trouvé certaines choses.

— Des choses se rapportant à l'affaire Jordan ?

— Pas spécialement. Comme je te l'ai dit, la visite de la cave n'a rien donné. Il n'y a là que de vieux accessoires de photo : une lampe rouge comme celles qu'on employait autrefois et autres objets du même ordre. De vieilles malles délabrées, deux ou trois valises inutilisables.

— Tu as donc fait fiasco.

— J'ai tout de même poursuivi mes recherches. Mais, avant de parler de tout cela, j'aimerais bien aller me débarrasser des toiles d'araignée qui ornent mes cheveux.

— Ma foi, ce n'est pas une mauvaise idée. Je prendrai ensuite plus de plaisir à te regarder.

— Si tu veux jouer à Philémon et Baucis, tu dois toujours, quel que soit mon âge, me trouver ravissante.

— Ma chère Tuppence, tu es véritablement ravissante. Et il y a une petite toile d'araignée fort attrayante accrochée à ton oreille gauche.

Mrs. Beresford quitta la pièce et s'engagea dans l'escalier du premier étage. Lorsqu'elle redescendit, un verre l'attendait sur le guéridon. Elle le considéra d'un œil soupçonneux.

— J'espère que tu n'essaies pas de me faire boire du tafia de laurier ?

— Non, car je n'ai pas particulièrement envie d'en boire moi-même.

— Si tu permets que je continue ce que je disais tout à l'heure...

— J'en serai ravi. Tu le feras de toute manière ; mais j'aimerais avoir l'impression que c'est parce que je te l'ai demandé.

— Je me suis donc répété : si je voulais cacher dans cette maison un objet que personne ne pourrait découvrir par la suite, où le mettrais-je ?

— Parfaitement logique.

— Et j'ai conclu qu'un bon endroit serait le ventre de Mathilde.

— Je te demande pardon ?

— Mathilde, c'est le cheval à bascule. Il a une ouverture dans le ventre, et il en est sorti des tas de papiers, mais rien d'intéressant. Puis, il y a Truelove. Il a un vieux siège de velours tout défoncé. Mais, là non plus, rien. J'ai donc continué à me poser des questions. Et j'ai pensé aux livres. Il arrive parfois que l'on cache des choses dans les livres. Or, nous n'avons pas fini d'examiner ceux qui se trouvent dans la mansarde.

— Je croyais que nous avions terminé.

— Pas entièrement. Il restait l'étagère du bas. Je suis donc allée y jeter un coup d'œil. La plupart des ouvrages étaient des recueils de sermons écrits autrefois par un pasteur méthodiste. Sans aucun intérêt, bien entendu. Mais, en retirant tous ces vieux bouquins, j'ai fait une découverte. Sous l'étagère, on avait creusé une cavité à l'intérieur de laquelle on avait fourré toutes sortes de choses. Surtout des livres déchirés, parmi lesquels un plus gros que les autres et recouvert de papier brun. De quoi crois-tu qu'il s'agisse ?

— Pas la moindre idée. De la première édition de *Robinson Crusoé*, peut-être ?

— C'est seulement un album d'anniversaire.

— Un album d'anniversaire ? Qu'est-ce que c'est que ce truc-là ?

— C'est quelque chose qui existait autrefois. Ça remonte loin. A l'époque des Parkinson ou même avant. Et j'ai pensé que nous pourrions y faire une découverte.

— Des documents qu'on aurait pu y glisser ?

— Oui. Mais, bien sûr, il n'y avait rien de ce genre. Ç'aurait été trop beau. Néanmoins, j'ai commencé à le feuilleter. Je n'ai pas encore terminé, mais j'y relèverai peut-être des noms intéressants.

— Possible, répondit Tommy d'un air sceptique.

— Après cela, j'ai examiné les placards. Et j'y ai fait une autre trouvaille.

— Quoi donc ?

— Des menus chinois. Dans ce placard que nous n'avions pas pu ouvrir parce qu'il n'y avait pas de clef, tu te rappelles ? Eh bien, je l'ai dénichée dans une vieille boîte. Je l'ai huilée légèrement, et j'ai ainsi réussi à ouvrir la porte. Le placard ne contenait que quelques fragments de porcelaine. Mais, sur l'étagère supérieure, il y avait un petit tas de menus chinois, que l'on utilisait à l'époque victorienne lors des réceptions. C'est extraordinaire, les choses qu'on mangeait. Des repas succulents. Deux sortes de potage, deux plats de poisson, deux entrées, une salade et le rôti. Après cela, il y avait, je crois, un sorbet. Et j'allais oublier la salade de homard !

— Qu'espères-tu tirer de toutes ces découvertes ?

— A vrai dire, le seul objet pouvant offrir certaines possibilités me paraît être l'album d'anniversaire. J'y ai déjà relevé le nom de Winifred Morrison.

— Et alors ?

— Winifred Morrison était le nom de jeune fille de Mrs. Griffin, la vieille dame chez qui je suis allée prendre le thé l'autre jour. Elle a toujours vécu ici, et il se peut qu'elle se rappelle certaines personnes dont les noms sont inscrits dans cet album.

— Ne crois-tu pas que nous ferions aussi bien de

laisser tomber tout ça ? Pourquoi chercher à savoir qui a tué Marie Jordan ?

— Tu ne veux pas le savoir ?

— Non. Du moins... Oh, et puis, après tout, je me rends. Je suppose que tu m'as intoxiqué.

— N'as-tu rien trouvé, de ton côté ?

— Je n'ai pas eu le temps. Mais j'ai encore d'autres sources d'information.

— Tout cela paraît idiot, mais ce sera peut-être amusant.

— Il se peut que ce soit moins amusant que tu ne le penses.

CHAPITRE VI

MR. ROBINSON

— Je me demande ce que Tuppence fait en ce moment, soupira Thomas Beresford.

— Excusez-moi, je n'ai pas bien compris.

Thomas tourna la tête pour regarder plus attentivement Miss Collodon, vieille fille maigre et émaciée dont les cheveux gris venaient visiblement de subir un rinçage.

— Ce n'est rien, Miss Collodon. Je... ma foi, je crois que je pensais à haute-voix. C'est tout.

Tommy se remit à réfléchir, mais en prenant bien soin, cette fois, de ne pas exprimer tout haut ses pensées intimes. « Que peut-elle faire en ce moment ? Quelque sottise, j'en jurerais. Elle est capable de se tuer en descendant la colline dans cette maudite carriole. Et si elle ne faisait aucune bêtise, elle risque d'entreprendre quelque chose de dangereux. » Il se remémora certains incidents survenus dans un passé plus ou moins lointain. Puis quelques vers lui revinrent à l'esprit, et il les récita à mi-voix.

La porte du Destin et celle du Désert...
      O caravane,

Si tu dois les franchir, abstiens-toi de chanter.
N'as-tu pas entendu
Ce silence éternel où meurent les oiseaux ?
Pourtant, ce gazouillis n'est-il pas d'un oiseau ?

Miss Collodon répondit aussitôt, lui causant une certaine surprise.

— Flecker, dit-elle. Et cela se poursuit... La caravane de la Mort... La Caverne maudite... Le fort de la Crainte...

Beresford la fixa d'un air étonné. Elle croyait certainement qu'il voulait lui soumettre un problème d'ordre littéraire et savoir d'où était extraite cette citation.

— Je songeais seulement à ma femme, expliqua Thomas d'un air d'excuse.

La vieille fille le dévisagea avec une nouvelle expression dans le regard. « Sûrement des ennuis domestiques », devait-elle penser. Il s'empressa de lui demander si elle avait pu élucider le point qu'il lui avait soumis l'avant-veille.

— Oh oui, répondit-elle. Cela ne m'a pas donné beaucoup de mal. Somerset House[1] est fort utile dans des cas de ce genre. J'ai relevé un certain nombre de noms et d'adresses, ainsi que des dates.

— Y avait-il plusieurs Marie Jordan ?

— Plusieurs Jordan, oui. Marie, Polly et Molly. Mais je ne sais pas si l'une des trois est celle sur qui vous enquêtez.

Elle lui tendit une feuille dactylographiée.

— Cependant, je n'ai pu trouver l'adresse du major Dalrymphe. De nos jours, on a parfois l'impression que les gens se plaisent à changer sans cesse de domicile. J'espère, néanmoins, pouvoir me procurer cette adresse d'ici deux ou trois jours. Voici, par contre, celle du docteur Heseltine, qui habite actuellement à Surbiton.

— Je vous remercie. Peut-être pourrai-je commencer par lui.

---

1. Dépôt des registres de l'état civil (*N.d.T.*).

— Avez-vous d'autres problèmes à résoudre ?

— Oui, mais certains risquent de n'être pas de votre compétence.

— Vous savez, répliqua Miss Collodon avec assurance, il faut savoir s'adapter à tout et être capable d'aller puiser à toutes les sources. Il y a bien longtemps, alors que je débutais dans le métier, le bureau de renseignements de Selfridge's[1] me rendait d'énormes services. On pouvait poser les questions les plus extraordinaires sur les choses les plus invraisemblables, et si on ne vous donnait pas toujours la réponse, du moins vous indiquait-on où vous pouviez la trouver rapidement. Mais cela est désormais du domaine du passé.

La vieille demoiselle consulta sa montre.

— Mon Dieu ! Il faut que je me sauve. J'ai une autre affaire urgente qui m'appelle.

*
* *

Thomas avait ensuite rendez-vous dans un restaurant modeste, situé à proximité de Tottenham Court Road. Un homme d'un certain âge se leva à son entrée.

— Carroty Tom[2] ! s'écria-t-il. Ma parole, je me demande si je t'aurais reconnu dans la rue.

— Que veux-tu, je suis maintenant plus gris que roux.

— Combien de temps y a-t-il que nous ne nous sommes vus ? Deux ans ? Dix ans ?

— Là, mon vieux, tu vas un peu loin. Nous nous sommes rencontrés au cours d'un dîner en novembre dernier.

— C'est, ma foi, vrai. Et de quoi t'occupes-tu maintenant ? Toujours d'espionnage ?

— Absolument pas. Et toi, Mutton Chop[3] ?

---

1. Grand magasin de Londres, dans Oxford Street (*N.d.T.*).
2. Tom le rouquin.
3. Côtelette.

— Je suis trop âgé, moi aussi, pour servir mon pays de cette façon.

— Le contre-espionnage n'existe-t-il plus ?

— Oh si ! Mais je suppose qu'on y a collé les gars les plus brillants : ceux qui sortent de l'université et ont besoin de trouver du travail. Où es-tu, maintenant ? Je t'ai envoyé une carte de Noël — que je n'ai d'ailleurs postée qu'en janvier —, mais elle m'est revenue avec la mention « Inconnu à cette adresse ».

— Nous nous sommes installés à la campagne, à proximité de la mer, dans un patelin qui s'appelle Holloquay.

— Holloquay ? Ça me rappelle quelque chose. Je crois qu'il s'y est passé une histoire qui aurait été tout à fait dans tes cordes.

— Je sais. Mais il y a au moins soixante ans de cela. Et je n'en ai entendu parler que depuis mon arrivée là-bas.

— Ça concernait, me semble-t-il, les plans d'un sous-marin, qui auraient été vendus à... je ne sais plus quel pays. Peut-être au Japon. A moins que ce ne soit à la Russie. Il y avait dans l'affaire un secrétaire d'ambassade, ou un fonctionnaire du même genre.

— Je voulais précisément, par pure curiosité, te poser un certain nombre de questions.

— Je t'écoute.

— Tu m'as dit que tu avais entendu parler de Holloquay. Etait-ce véritablement à l'occasion d'une affaire d'espionnage ?

— A la vérité, tout cela est si loin, si vague que je ne me rappelle pas grand-chose. Pourtant, ça avait fait du bruit, à l'époque. Il y avait aussi, je crois, un officier de marine cent pour cent britannique et au-dessus de tout soupçon.

— Et aussi une jeune femme, n'est-ce pas ? Marie Jordan.

— Il me semble, en effet, me rappeler ce nom. Je me demande s'il s'agissait de la femme de cet officier. C'est elle, en tout cas, qui avait pris contact avec les Russes, et... Non, je confonds avec une autre affaire plus récente. Voyons, pourquoi veux-tu déterrer cette vieille histoire, après tout ce temps ? Cela se passait à peu près à l'époque où tu avais eu affaire avec cette jeune fille du *Lusitania*. Mais était-ce toi ou ta femme ?

— Nous étions dans le coup tous les deux.

— Et la fille s'appelait Jane Fish, ou quelque chose comme ça, non ?

— Jane Finn.

— Qu'est-elle devenue ?

— Elle a épousé un Américain.

Le garçon arrivait avec le menu, et la conversation ne porta plus que sur des questions gastronomiques.

*
* *

Thomas Beresford avait arrangé un autre rendez-vous pour l'après-midi. Cette fois, son interlocuteur était un homme grisonnant, à l'air morose, et qui paraissait regretter le temps qu'il accordait à Tommy.

— Ma foi, je ne saurais dire. Je vois vaguement de quoi vous voulez parler, mais je ne possède véritablement aucun renseignement sur ce genre de choses. Cependant, je vous ai pris rendez-vous avec quelqu'un qui pourrait vous aider. Un homme charmant, toujours prêt à me rendre service et qui est, d'ailleurs, le parrain d'une de mes filles. Voici son adresse. C'est celle de son bureau, dans la Cité, et il vous recevra à trois heures. L'avez-vous déjà rencontré ?

Tommy baissa les yeux vers la carte qu'on lui tendait.

— Non, je ne pense pas l'avoir jamais vu.

— C'est un grand type énorme, au teint olivâtre et d'aspect assez quelconque. A le voir, vous ne croiriez pas qu'il puisse être au courant de quoi que ce soit. Pourtant, c'est un crack, et je serais surpris s'il n'était pas à même de vous fournir les renseignements dont vous avez besoin.

*
* *

Thomas Beresford fut reçu par un homme d'une quarantaine d'années qui le considéra d'abord d'un air soupçonneux.

— Vous avez rendez-vous avec Mr. Robinson ? A quelle heure, dites-vous ?

Il se mit à feuilleter un livre de rendez-vous.

— Mr. Thomas Beresford. 15 heures. C'est bien cela. Si vous voulez bien signer ici... Johnson !

Un jeune homme à l'air nerveux se dressa de l'autre côté d'une cloison de verre.

— Oui, monsieur ?

— Conduisez Mr. Beresford jusqu'au bureau de Mr. Robinson.

Thomas suivit l'employé et pénétra avec lui dans l'ascenseur.

— Plutôt froid, cet après-midi, n'est-ce pas ? dit Johnson.

— Il en est souvent ainsi l'après-midi, en cette saison.

— Certains prétendent que c'est la faute de la pollution, d'autres affirment que c'est à cause du gaz naturel que l'on extrait de la mer du Nord. Mais ça ne paraît pas très vraisemblable.

L'ascenseur s'immobilisa au quatrième étage, et Tommy fut introduit dans le bureau de Mr. Robinson. Derrière la vaste table de travail, était assis un homme d'aspect imposant, au teint olivâtre. Il avait l'air vaguement étranger, mais il était fort probablement anglais. Il se leva pour serrer la main de son visiteur.

— Veuillez m'excuser de vous prendre un peu de votre temps, dit Beresford.

— Il y a, je crois, quelque chose que vous désirez savoir. On m'a d'ailleurs touché un mot de la question.

— Je ne pense pas que cela puisse être d'une importance exceptionnelle. Ce n'est guère que...

— Une idée ?

— A vrai dire, c'est une idée de ma femme.

— J'ai entendu parler de Mrs. Beresford — de vous aussi, naturellement —, à l'époque du fameux

Mr. Brown. Vous aviez fait là du très bon travail. Et maintenant, de quoi s'agit-il exactement ? Asseyez-vous et racontez-moi votre histoire.

— Voici, en quelques mots, de quoi il s'agit. Nous avons récemment emménagé dans une nouvelle maison, et nous y avons trouvé un certain nombre de livres abandonnés par les précédents propriétaires. Des ouvrages pour enfants, qui étaient évidemment là depuis de longues années. Or, dans l'un d'eux, ma femme a découvert quelques pages sur lesquelles des lettres avaient été soulignées en rouge. Ces lettres, une fois rassemblées, formaient une phrase assez déconcertante : *Marie Jordan n'est pas décédée de mort naturelle. C'est l'un de nous qui l'a tuée. Je crois savoir qui.*

— Très surprenant, en vérité, commenta Mr. Robinson. Je n'ai encore jamais rien rencontré de semblable. Et qui avait émis cette hypothèse ? En avez-vous idée ?

— Selon toute apparence, un garçon d'âge scolaire, Alexandre Parkinson, lequel est maintenant enterré dans le cimetière du village.

— Parkinson, dites-vous ? Laissez-moi réfléchir un instant. Parkinson... Oui, il y a eu quelqu'un de ce nom impliqué dans une certaine affaire.

— Bien entendu, nous avons souhaité apprendre qui était cette Marie Jordan.

— Je comprends. Et qu'avez-vous découvert, à son sujet ?

— Peu de chose. J'ai seulement cru comprendre que c'était ce que nous appellerions aujourd'hui une jeune fille au pair, ou une sorte de gouvernante.

— Savez-vous comment elle est morte ?

— Quelqu'un avait cueilli par erreur quelques feuilles de digitale en même temps que d'autres herbes, et on les a utilisées pour le repas. Cela n'aurait cependant pas dû être mortel.

— C'est exact. Les feuilles de digitale ne devaient pas être en quantité suffisante pour provoquer la mort. Mais si nous supposons qu'on a ensuite introduit dans le café — ou dans une autre boisson — de

Marie Jordan une forte dose de digitaline, on a pu logiquement accuser les feuilles de digitale et considérer toute l'affaire comme un déplorable accident.

— On a prétendu, je crois, que cette fille était une espionne allemande.

— Vous savez, tout Allemand qui travaillait en Angleterre avant la guerre de 1914 était automatiquement soupçonné d'être un espion. Par contre, l'officier anglais compromis était toujours au-dessus de tout soupçon. En ce qui me concerne, j'observe avec beaucoup d'attention tous ceux qui paraissent insoupçonnables. Cependant, cette affaire est maintenant bien loin de nous.

— Et assez imprécise.

— Oui. On a parlé de vol de documents militaires, mais il y avait quantité d'autres choses : en particulier le côté politique de la question. Plusieurs de nos hommes politiques en vue n'étaient pas blancs comme neige. De ceux que l'on dit intègres. Mais l'intégrité est aussi inquiétante que le fait d'être au-dessus de tout soupçon dans les services. Je me suis aperçu une fois de plus, au cours de la dernière guerre, que certaines personnes sont loin de posséder l'intégrité qu'on leur attribue.

— Vous semblez au courant de bien des choses.

— Il est vrai que j'ai souvent été mêlé à ce genre d'affaires, et il m'intéresse que vous ayez déterré celle-ci.

— Je pense, cependant, que ce que nous faisons — ma femme et moi — n'est sans doute que pure sottise. Nous avons acheté pour y habiter la maison dont nous avions besoin, nous l'avons restaurée et aménagée selon nos goûts, nous voulons remettre le jardin en état, mais je ne souhaite nullement me trouver une fois de plus immiscé dans une affaire comme celle-là. Pourtant, à présent que nous savons ce qui s'est passé autrefois dans cette maison — des événements hors du commun —, nous ne pouvons nous empêcher d'y penser.

— Je comprends. Vous voulez seulement *savoir*. C'est ainsi que sont les hommes. C'est la curiosité qui nous pousse à vouloir explorer des terres inconnues, à aller dans la lune, à extraire de l'oxygène de la mer... Tout cela est le résultat de notre curiosité naturelle. Je suppose que, sans elle, l'homme ne serait guère qu'une tortue. D'un autre côté...

— D'un autre côté, on pourrait dire qu'il ressemble davantage à une mangouste.

— Ah ! vous êtes un lecteur de Kipling, si je ne me trompe. Je m'en réjouis. De nos jours, on ne l'apprécie pas autant qu'on le devrait. C'était un homme véritablement exceptionnel, et ses histoires sont merveilleuses. Je crois qu'on ne l'a jamais assez compris.

— Je ne veux pas me rendre ridicule et me mêler d'un tas de choses qui ne me concernent pas. Qui, d'ailleurs, ne concernent plus personne, désormais.

— On ne sait jamais.

Thomas commençait à se sentir coupable d'avoir dérangé une personnalité aussi éminente.

— Mais vous désirez satisfaire la curiosité de votre femme. Je n'ai pas l'honneur de la connaître ; néanmoins, je sais que c'est une personne assez exceptionnelle.

— Je le crois aussi.

— J'en suis bien aise. J'aime les gens qui se soutiennent et savent apprécier leur mariage jusqu'au bout.

— Nous sommes vieux, fatigués. Eh, bien que jouissant d'une bonne santé, nous ne voulons pas nous mêler...

— Je sais, je sais. Ne vous excusez pas davantage. Comme je le disais tout à l'heure, vous voulez simplement savoir. Et Mrs. Beresford aussi.

— Je ne me serais pas permis de venir vous importuner si je n'y avais été poussé par mon vieil ami Mutton Chop.

Mr. Robinson esquissa un sourire.

— Je le connais bien. Il portait autrefois d'énormes favoris, dont il était très fier, et c'est ce qui lui avait valu ce surnom. S'il vous a envoyé à moi, c'est parce qu'il sait que je m'intéresse aux affaires de cet ordre. Depuis longtemps.

— Et vous êtes maintenant au sommet de la hiérarchie.

— Ne dites pas de bêtises. J'ai seulement eu l'occasion de m'occuper de choses présentant un intérêt supérieur.

— Comme cette affaire en relation avec... Francfort[1] ?

— Vous en avez entendu parler ? En tout cas, ne croyez pas que je vous en veuille d'être venu me poser des questions. Je suis sans doute à même de répondre à quelques-unes, mais je ne vois pas ce que je pourrais vous conseiller. Il s'agit surtout de réfléchir, d'écouter les gens. Si vous voyez surgir un fait nouveau qui puisse m'intéresser, passez-moi un coup de téléphone. Il nous suffit de convenir d'un code quelconque. Dites-moi, par exemple, que votre femme a fait de la confiture de pommes sauvages et demandez-moi si j'aimerais en avoir un pot. Je comprendrai ce que vous voulez dire.

— Je me demande si tout cela a encore de l'importance. Après tout, Marie Jordan est morte, et sans doute aussi les autres personnages du drame.

— Certes. Mais on se fait parfois des idées fausses sur les gens, à cause de ce que l'on a entendu raconter ou de ce qu'on a lu.

— Vous voulez dire que nous pouvons avoir des idées fausses sur cette jeune fille et qu'elle n'avait sans doute pas l'importance qu'on lui a attribuée ?

— De l'importance, elle en avait plus que vous ne pouvez le penser.

Mr. Robinson consulta sa montre.

— Je vais être dans l'obligation de vous congédier, cher Mr. Beresford, car j'attends un visiteur dans quelques minutes. C'est un affreux raseur, mais il navigue dans les hautes sphères gouvernementales, et vous savez ce que cela signifie de nos jours. Le Gouvernement, toujours le Gouvernement. Il nous faut le subir partout : au bureau, à la maison, à la télévision, dans les supermarchés. La vie privée

---

1. Cf. *Passager pour Francfort*.

est ce qui nous manque le plus. Néanmoins, les recherches que vous effectuez en compagnie de votre femme font partie de votre vie privée, et qui sait si vous ne découvrirez pas quelque chose ? Je suis au courant de certains faits que, sans aucun doute, personne d'autre ne connaît, et il se peut que je vous en fasse part lorsque je jugerai le moment opportun. Pour l'instant, je vais me contenter de mentionner un détail qui pourra vous aider. Vous avez entendu parler de l'histoire de ce capitaine de frégate condamné pour espionnage au profit d'une puissance étrangère. Lui, c'était un traître. Un vrai. Mais Marie Jordan...

— Oui ?

— Voulez-vous que je vous confie un secret ? Eh bien, peut-être était-ce une espionne. Mais pas une espionne à la solde de l'Allemagne. Pas une espionne ennemie.

Mr. Robinson se pencha au-dessus de son bureau et baissa un peu la voix.

— Elle était des nôtres.

LIVRE III

CHAPITRE PREMIER

MARIE JORDAN

— Mais ça change tout ! s'écria Tuppence.

— Certes. Et j'ai éprouvé une belle surprise.

— Pour quelle raison t'a-t-il confié cela ?

— Je l'ignore, répondit Thomas d'un air songeur. J'ai bien une idée, mais...

— Comment est ce Mr. Robinson ? Tu ne me l'as pas dit.

— Grand, gros et gras, un teint bilieux. Il paraît assez ordinaire, et cependant il est loin de l'être.

— Je ne comprends toujours pas pourquoi il t'a révélé ce secret.

— Bah ! cette affaire appartient à un passé déjà lointain, et j'imagine qu'elle ne peut plus avoir de répercussions actuelles. Songe à tout ce qu'on laisse transpirer, de nos jours : ce qu'une personne a écrit, ce qu'une autre a dit, le motif d'un différend ou d'une crise, pourquoi un fait a été tu à cause d'un autre dont on n'a jamais entendu parler...

— Tu m'embrouilles affreusement, lorsque je t'entends exposer de telles théories. Et j'ai l'impression que tout est faux.

— Comment ça ?

— La façon dont nous avons considéré les faits.

— Explique-toi.

— Ce que nous avons découvert dans *La Flèche noire* était assez clair. Mais nous ignorions qui était Marie Jordan. Et nous n'avions pratiquement rien pu découvrir sur elle.

— Excepté que c'était apparemment une espionne allemande.

— Tout le monde en était persuadé, et je pensais que c'était la vérité. Mais maintenant...

— Nous savons qu'elle était tout le contraire.

— Autrement dit, une sorte d'espionne anglaise.

— Elle faisait évidemment partie des services de Renseignements britanniques, et elle avait été envoyée ici en mission pour essayer de découvrir quelque chose. Il devait y avoir dans les parages, à cette époque, un petit groupe d'agents allemands.

— C'est à peu près certain.

— Aussi « l'un de nous » ne devait-il pas avoir le sens que nous lui avions attribué. Cette expression devait désigner quelqu'un du voisinage, mais qui pouvait se trouver accidentellement dans la maison. Et la jeune fille est morte parce qu'une tierce personne avait compris le rôle qu'elle jouait. C'est ce qu'avait découvert Alexandre Parkinson.

— Peut-être faisait-elle semblant d'espionner pour le compte de l'Allemagne et s'était-elle, du moins en apparence, liée d'amitié avec ce capitaine de frégate dont j'ai oublié le nom.

— Disons « le capitaine X », si tu veux. Il y

avait aussi, dans les parages, un agent ennemi, le chef d'une puissante organisation, qui habitait, me semble-t-il, une villa située à proximité du quai. Il faisait de la propagande et allait déclarant partout que notre meilleure politique consisterait en une alliance avec l'Allemagne.

— Mon Dieu, comme tout cela paraît compliqué ! Ces documents secrets, ces plans, ces complots. Je suppose que nous aurons cherché en des endroits où nous n'avions aucune chance de trouver quoi que ce soit.

— Je n'en suis pas sûr. Si Marie Jordan était ici pour découvrir quelque chose — et si elle y est parvenue —, lorsque le capitaine X et les autres s'en sont aperçus...

— Tâche de ne pas m'embrouiller davantage.

— Je vais essayer. Quand ils ont compris qu'elle avait trouvé ce qu'elle était chargée de découvrir, il leur fallait...

— La faire taire.

— Voilà maintenant que tu me fais penser à Philips Oppenheim.

— De toute façon, ils devaient se débarrasser d'elle avant qu'elle n'ait pu transmettre un rapport aux services de Renseignements.

— Il doit y avoir plus que cela. Peut-être s'était-elle emparée de documents écrits qui auraient pu être remis à quelqu'un d'autre.

— Je comprends ce que tu veux dire. Néanmoins, si elle est morte à la suite d'un empoisonnement causé par une erreur, je ne vois pas pourquoi Alexandre a employé cette expression « l'un de nous ». Il ne s'agissait probablement de personne de la famille.

— Le coupable n'était pas forcément quelqu'un habitant la maison. Il était bien facile de cueillir quelques feuilles de digitale et d'aller les déposer à la cuisine. Il n'était même pas besoin d'avoir une dose mortelle de poison. Les convives ont pu être tous plus ou moins intoxiqués et appeler un médecin. Ce dernier a pu faire analyser la nourriture et se convaincre que quelqu'un avait commis une erreur, sans songer que l'« erreur » avait pu être faite à dessein. Ensuite, pour tuer Marie Jordan, on a pu mettre dans son cocktail ou dans son café une dose mortelle de digitaline. De cette façon, tout le monde a été plus ou moins malade, mais une seule personne est morte. Et on a sans doute conclu qu'elle devait être particulièrement allergique à cette drogue.

— Elle a pu aussi n'être que légèrement incommodée comme les autres et empoisonnée le lendemain matin en absorbant de la digitaline qu'on aurait versée dans son café.

— Je sais que tu ne manques jamais d'idées.

— Dans ce domaine, peut-être. Mais pour le reste ? Qui désignait « l'un de nous » ? Quelqu'un résidant ici — un ami, un invité ? Ce pouvait être également une personne arrivée avec une lettre d'introduction — sans doute fausse — disant quelque chose comme ceci : « Auriez-vous l'amabilité de montrer votre magnifique jardin à Mr. ou Mrs. Untel, qui aimerait le visiter ? » La chose aurait été relativement facile.

— Je n'en doute pas.

— Dans ce cas, peut-être y a-t-il encore dans cette maison quelque chose qui expliquerait ce qui m'est arrivé hier et aujourd'hui.

Tommy sursauta.

— Que t'est-il donc arrivé ?

— Tandis que je dévalais la pente avec cette maudite petite carriole, les roues se sont détachées. J'ai fait une formidable culbute, et je suis allée atterrir — si on peut dire — dans les araucarias. L'accident aurait pu avoir des conséquences beaucoup plus graves. Isaac prétend que ce damné Truelove était en parfait état juste avant que je le prenne.

— Et, bien sûr, il ne l'était pas. Te rends-tu compte que c'est le deuxième accident qui se produit depuis que nous sommes ici ?

— Veux-tu laisser entendre que quelqu'un souhaite se débarrasser de nous ? Mais cela voudrait dire...

— Qu'il doit y avoir effectivement *quelque chose* dans cette maison, ainsi que tu le disais il y a un instant.

Mr. Beresford et sa femme se regardèrent en silence pendant un long moment. Ce fut Tommy qui reprit la parole le premier.

— Qu'a dit exactement Isaac, à propos de l'état de cet engin ?

— Il m'a déclaré en substance : « Ces sales garnements sont certainement venus rôder par ici, et ils se sont amusés à débloquer les roues. Je n'en ai vu aucun évidemment, car ils ont dû attendre que je sois parti. » Je lui ai alors demandé s'il s'agissait, à son avis, d'un mauvais coup prémédité.

— Et qu'a-t-il répondu ?

— Il n'a su quoi dire.

— On ne peut tout de même exclure la malveillance.

— Quelqu'un aurait donc délibérément cherché à provoquer un accident. Mais c'est insensé !

— Les choses qui paraissent insensées à première vue ne le sont pas toujours. Tout dépend de la façon dont elles se produisent et du motif dont elles découlent.

— J'avoue que je ne vois guère le motif.

— Nous pouvons essayer de déterminer celui qui est le plus vraisemblable.

— Et ce serait, à ton avis ?

— Que l'on voudrait nous faire partir d'ici.

— Pourquoi ? Si quelqu'un souhaitait acquérir la maison, il pourrait nous faire une offre, non ?

— Certes.

— Pourtant, autant que nous puissions le savoir, personne n'avait manifesté l'intention de l'acheter. Personne n'avait même demandé à la visiter, lorsque nous nous sommes mis en rapport avec l'agence.

— Peut-être aussi trouve-t-on que tu t'es montrée un peu trop curieuse, que tu as posé trop de questions de tous les côtés. Si nous mettions la maison en vente et donnions l'impression de vouloir quitter le pays, tout rentrerait dans l'ordre, j'en suis persuadé. Et on nous laisserait en paix.

— Qui désigne ce « on » ?

— Je n'en sais fichtre rien. Nous le saurons sans doute plus tard.

— Que penses-tu d'Isaac ? Serait-il mêlé à tout ça ?

— Il est très âgé, depuis longtemps dans la région et certainement au courant de bien des choses. Crois-tu que si quelqu'un lui avait glissé dans la main un billet de cinq livres, il aurait pu saboter les roues de ta carriole ?

— Je ne le pense pas. Tu es en train d'imaginer des absurdités.

— Ma foi, tu en as, de ton côté, imaginé un certain nombre.

— Elles présentaient l'avantage de cadrer avec ce que nous avions vu ou entendu.

— Seulement, si je me réfère à ce que l'on m'a dit aujourd'hui, nous n'avons appris ici que des choses qui ne cadrent guère avec la vérité.

— Je reconnais que cela change les données du problème. Nous savons maintenant que Marie Jordan n'était pas une espionne au service de l'ennemi, mais un agent britannique. Elle était à Holloquay dans un but précis, et il est possible qu'elle l'ait atteint.

— A la lumière des faits, nous pouvons donc dire qu'elle était ici dans le but de découvrir quelque chose.

— Probablement pour recueillir des renseignements sur le capitaine X. A ce propos, il te faudrait tâcher d'apprendre son nom.

— Tu sais combien tous ces détails sont difficiles à obtenir.

— La fille a certainement appris ce qu'elle voulait savoir et transmis un rapport à qui de droit. Peut-être quelqu'un a-t-il ouvert la lettre.

— Quelle lettre ?

— Celle qu'elle avait pu envoyer à son agent de

liaison, quel qu'il fût. Il est également possible qu'elle se soit rendue à Londres pour le rencontrer.

— Ou pour déposer le document dans le creux d'un arbre.

— Crois-tu vraiment que cela se pratique ? Ça paraît tellement invraisemblable. Tout juste bon pour des amants désirant échanger une correspondance secrète.

— Il est probable que si un tel procédé a été utilisé, la lettre devait être écrite à l'aide d'une sorte de code qui pouvait lui donner l'apparence d'une lettre d'amour.

— Excellente idée, approuva Tuppence. Mais tout cela est si loin ! Plus on apprend de choses et plus elles semblent être inutiles. Nous n'allons pourtant pas abandonner, dis ?

— Pas pour le moment, j'imagine, répondit Tom en poussant un soupir.

— Mais tu le souhaiterais, n'est-ce pas ?

— Presque. Car, autant que je puisse en juger...

— Néanmoins, je ne te vois pas abandonner la piste. En tout cas, il serait désormais difficile de me la faire abandonner, à moi. Je continuerais à y penser, et cela me tracasserait trop. Je crois que j'en perdrais le boire et le manger.

— L'ennui, c'est que, si nous savons d'une manière à peu près certaine que cette affaire touchait à l'espionnage, nous ignorons qui y était compromis. Je veux dire que nous ne savons pas qui agissait pour le compte de l'ennemi. Car il y avait évidemment des gens qui trahissaient tout en ayant l'air d'être de loyaux serviteurs de la nation.

— C'est infiniment probable.

— Et le rôle de Marie Jordan était d'entrer en contact avec eux. Avec ce capitaine X ou ses amis, de manière à savoir ce qu'ils complotaient.

— Crois-tu que les Parkinson étaient compromis ? Qu'ils étaient à la solde de l'ennemi ?

— Ça me semble fort improbable.

— Dans ce cas, je n'y comprends rien.

— Néanmoins, la maison pourrait avoir joué son rôle dans l'histoire.

— Malheureusement, bien d'autres gens l'ont habitée après les Parkinson.

— Mais ces gens-là ne devaient pas te ressembler, Tuppence.

— Explique-toi.

— Ils ne devaient pas fouiner dans les vieux bouquins et les éplucher comme tu le fais. Ils ont vécu dans cette maison, mais les pièces mansardées étaient peut-être inoccupées. A moins qu'elles ne fussent utilisées comme chambres de domestiques. Il se peut donc qu'il y ait encore ici quelque chose de caché. Un document que Marie Jordan n'aurait peut-être pas eu le temps de remettre à qui de droit.

— Tu penses vraiment que cet objet pourrait encore se trouver ici ?

— On ne sait jamais. En tout cas, quelqu'un semble craindre que nous ne fassions une découverte. Et ce serait pour cela que l'on tenterait de nous faire quitter les lieux. Il se peut que l'on ait fouillé la maison en vain, au cours des années passées. Dans ce cas, sans doute veut-on se débarrasser de nous pour s'emparer de ce qu'on peut supposer être en notre possession.

— Mais, Tommy, cela rend la chose encore plus passionnante, ne trouves-tu pas ?

— Possible. N'oublie pas, cependant, que nous ne formulons en ce moment que des hypothèses.

— Je t'en prie, ne joue pas au rabat-joie. Je vais continuer mes recherches, aussi bien à l'extérieur de la maison qu'à l'intérieur.

— Que comptes-tu faire ? Défoncer le jardin ?

— Non. Mais il y a les placards, la cave, la serre, le hangar et des tas d'autres endroits à explorer soigneusement.

Tommy poussa un autre soupir.

— Mon Dieu ! Et dire que nous rêvions de couler ici des jours paisibles !

CHAPITRE II

TUPPENCE POURSUIT SES RECHERCHES

— J'espère que je ne vous dérange pas, dit Mrs. Beresford. J'avais songé à vous téléphoner, pour le cas où vous seriez sortie, mais comme il ne s'agit de rien d'important, je peux revenir plus tard si vous le préférez.

— Mais pas du tout ! Je suis ravie de vous voir, chère madame.

Mrs. Griffin se redressa un peu dans son fauteuil, afin de s'installer plus confortablement, et elle leva les yeux vers le visage de sa visiteuse.

— Vous savez, c'est un grand plaisir pour nous lorsque nous avons des nouveaux venus au village. Nous sommes tellement habitués à nos voisins que nous sommes toujours heureux de faire de nouvelles connaissances. J'espère que vous accepterez de venir dîner avec votre mari, un de ces soirs. Mais je ne sais pas à quelle heure rentre Mr. Beresford. Car il se rend à Londres presque tous les jours, si je ne me trompe.

— C'est très aimable à vous, Mrs. Griffin. Et j'espère que vous viendrez aussi nous rendre visite lorsque nous serons tout à fait installés. Je crois toujours que je vais en avoir fini avec mes rangements, mais il reste sans cesse quelque chose à faire.

— Il en est régulièrement ainsi quand on emménage dans une nouvelle maison.

Tuppence savait que Mrs. Griffin avait quatre-vingt-quatre ans. Mais la position très droite qu'elle adoptait dans son fauteuil, afin de soulager quelque peu les douleurs dues à ses rhumatismes, la faisait paraître beaucoup plus jeune, en dépit de son visage sillonné de rides et de ses cheveux blancs coquettement surmontés d'une écharpe de dentelle nouée derrière la tête. Elle portait des lunettes à double foyer, utilisait parfois un appareil contre la surdité, mais elle était encore remarquablement alerte et paraissait fort capable de devenir centenaire.

— Qu'avez-vous fait, ces temps derniers ? demanda-t-elle. Dorothy — je veux parler de Mrs. Rigers — m'a dit que vous aviez les électriciens chez vous. J'espère que vous en êtes maintenant débarrassés. Vous savez, Dorothy était autrefois ma femme de chambre, et elle vient encore deux fois par semaine pour faire le ménage.

— Oui, Dieu merci, les électriciens sont finalement partis. Je craignais toujours de tomber dans les trous qu'ils avaient faits dans le plancher.

Tuppence se tut pour reprendre au bout d'un instant.

— Vous allez trouver stupide ce que je vais vous dire, mais je suis en train de me poser des tas de questions. Quand nous avons acheté la maison, il s'y trouvait quelques meubles, ainsi que des livres — surtout de nombreux ouvrages pour enfants —, parmi lesquels j'ai déniché plusieurs de mes vieux amis.

— Et j'imagine que vous avez dû prendre grand plaisir à les relire. *Le Prisonnier de Zenda*, peut-être. Ma grand-mère l'aimait bien, et je l'ai lu moi-même autrefois. Le premier ouvrage romanesque, je crois, que l'on nous permettait. A cette époque-là, on n'était pas très partisan de laisser des romans entre les mains des jeunes filles. En ce qui me concerne, je me rappelle qu'il m'était formellement interdit d'en lire pendant la matinée. Je pouvais lire des ouvrages historiques, des choses sérieuses, mais les romans n'étant que pure distraction, je ne pouvais y toucher que pendant l'après-midi.

— J'ai connu cela, moi aussi, répondit Tuppence en souriant. Je disais donc que j'ai trouvé dans notre maison un certain nombre de livres. Des ouvrages de Mrs. Molesworth...

— J'aimais beaucoup *La Ferme des Quatre Vents*.

— Il se trouve dans mon stock, ainsi que bien d'autres, de différents auteurs. Et lorsque je suis parvenue à la dernière étagère, j'ai découvert ceci.

Mrs. Beresford tira de son sac un petit paquet enveloppé dans du papier brun.

— C'est un album d'anniversaire, expliqua-t-elle. Et j'y ai relevé votre nom de jeune fille, que vous m'aviez appris il y a quelque temps. Winfired Morrison, n'est-ce pas ?

— C'est bien cela.

— Je me suis alors demandé s'il ne vous ferait pas plaisir de le voir, et je vous l'ai apporté. Plusieurs de vos amies ont peut-être inscrit leur nom dans ces pages.

— C'est très aimable de votre part, et je serai heureuse de le feuilleter. Quand on est vieux, il est amusant — et très émouvant aussi — de revoir toutes ces choses du temps passé. Je vous remercie d'avoir eu une pensée aussi touchante.

— Malheureusement, il n'est plus en très bon état, reprit Tuppence en tendant l'album à la vieille dame.

— Toutes les filles avaient un album d'anniversaire, à l'époque de ma jeunesse. Nous inscrivions notre nom dans les livres de nos amies, et elles inscrivaient le leur dans le nôtre. Ensuite, cette coutume s'est perdue, et je crois bien que cet album-ci doit être un des derniers.

Mrs. Griffin se mit à tourner lentement les pages.

— Mon Dieu, murmura-t-elle, les souvenirs que cela me rappelle ! Helen Gilbert... Daisy Sherfield... Je me souviens très bien d'elle. Elle avait dans la bouche un appareil destiné à redresser ses dents, et elle l'enlevait constamment, prétendant qu'elle ne pouvait le supporter... Edie Crone... Margaret Dickson. La plupart d'entre elles avaient une belle écriture. Pas comme celle des filles d'aujourd'hui. Quand je reçois des lettres de mes petites-nièces, j'ai un mal fou à les déchiffrer. Ça ressemble à des hiéroglyphes. Mollie Short. Ah oui. Elle bégayait légèrement.

Tuppence se demanda si ce qu'elle allait dire ne constituait pas un manque de tact.

— J'imagine que beaucoup d'entre elles doivent maintenant... Je veux dire...

— Vous pensez que beaucoup sont mortes. Eh oui. Vous avez raison. La plupart. Pas toutes, cependant. Certaines sont encore en vie, mais elles ne sont plus dans la région, bien sûr, car elles se sont mariées et sont parties vivre ailleurs. Plusieurs sont même allées au-delà des mers. Oui, tout cela est très émouvant.

— Je suppose qu'il ne restait déjà plus de Parkinson, à cette époque ? Je n'ai vu ce nom nulle part.

— Non. Les Parkinson, c'était encore plus tôt. Y a-t-il quelque chose que vous désiriez savoir à leur sujet ?

— Oh ! ce n'est que pure curiosité. L'autre jour, en parcourant les allées du cimetière, je me suis arrêtée devant une tombe portant le nom d'Alexandre Parkinson, et j'ai remarqué qu'il était mort très jeune.

— C'est vrai. Il est bien triste qu'il ait disparu ainsi. C'était, paraît-il, un garçon fort intelligent et pour qui on espérait un avenir brillant. Il n'est pas mort de maladie à proprement parler. Je crois qu'il a mangé, au cours d'un pique-nique, quelque chose qui l'a empoisonné. C'est Mrs. Henderson qui me l'a raconté. Elle se souvient des Parkinson.

— Mrs. Henderson ?

— Vous ne devez pas la connaître. Elle vit à *Meadowside*. C'est une maison de retraite qui se trouve à une dizaine de milles d'ici. Vous devriez aller lui rendre visite. Elle vous raconterait un tas de choses sur la maison que vous avez achetée. Elle est plus âgée que moi, bien qu'elle fût la benjamine d'une nombreuse famille. Elle était gouvernante, à une certaine époque, chez Mrs. Beddingfield, qui habitait alors *Le Nid d'hirondelle*. C'est ainsi que s'appelaient alors *Les Lauriers*. Elle adore parler du passé. Oui, je crois que vous devriez aller la voir.

— Elle n'aimerait peut-être pas...

— Oh mais si ! Je suis sûre qu'elle serait ravie. Dites-lui que vous venez de ma part. Elle se souvient de moi et de ma sœur Rosemary. Vous pourriez aussi faire la connaissance de Mrs. Henley, qui vit aux *Pommiers*. C'est une autre maison de retraite. Pas tout à fait de la même classe, mais très bien tenue tout de même. Je suis certaine que tout le monde serait heureux de votre visite. Vous savez, tout ce qui rompt la monotonie quotidienne est agréable aux personnes âgées.

CHAPITRE III

TOMMY ET TUPPENCE
COMPARENT LEURS NOTES

Tuppence se laissa tomber avec un soupir dans un des fauteuils du salon.

— Tu as l'air fatiguée, remarqua Tommy.

— Je suis éreintée, avoua Tuppence en réprimant un bâillement.

— Qu'as-tu donc fait ? J'ose espérer que tu n'as pas travaillé dans le jardin.

— Ce n'est pas physiquement que je suis fatiguée. Moi aussi, j'ai fait des recherches.

— C'est tout aussi épuisant. A propos, j'imagine que tu n'as pas dû tirer grand-chose de Mrs. Griffin, avant-hier ?

Tuppence sortit son calepin de son sac à main qu'elle avait posé près de son fauteuil.

— J'ai pris quelques notes. J'avais aussi emporté un de ces vieux menus trouvés dans le placard.

— Et qu'est-ce que ça t'a donné ?

— D'abord, une quantité impressionnante de réflexions d'ordre gastronomique. Regarde la première, faite par quelqu'un dont j'ai oublié le nom.

— Tu devrais essayer de t'en souvenir.

— Ce ne sont pas des noms que j'inscris, mais plutôt les faits qu'on me raconte. Les gens ont été extrêmement intéressés par ces menus, parce qu'il semble qu'ils aient été imprimés pour un dîner exceptionnel que tous les convives avaient apprécié au plus haut point.

— Le fait ne me paraît pas être d'une grande utilité.

— En un sens, il l'est. Car les invités ont déclaré

qu'ils n'oublieraient jamais cette soirée, qui suivait le recensement.

— Le recensement ?

— Tu sais bien ce que c'est. Nous en avons eu un l'année dernière. On te demande des tas de choses : qui vivait sous ton toit à telle date, si tu es marié et si tu as des enfants, si tu as des enfants sans être marié... Une quantité de détails inutiles et des questions absolument inadmissibles de nos jours. Ce soir-là, les gens étaient bouleversés. Non pas à cause du recensement, auquel ils étaient habitués à cette époque et dont ils ne se souciaient en aucune façon, mais parce qu'il s'était produit un événement grave.

— Dans ce cas, le recensement pourrait évidemment nous aider à connaître la date de cet événement.

— Crois-tu pouvoir la retrouver ?

— Certes. Il suffit de savoir où s'adresser.

— On avait parlé de Marie Jordan, que l'on trouvait charmante et que tout le monde aimait. On n'aurait jamais cru cela d'elle, mais on déclarait aussi qu'on aurait bien dû prendre des renseignements avant de l'engager, étant donné qu'elle était à moitié allemande.

Tuppence posa sa tasse à café vide sur le guéridon et se renversa contre le dossier de son fauteuil.

— As-tu découvert quelque chose d'encourageant ? demanda Tom.

— Peut-être. Beaucoup de personnes ont entendu parler de cette affaire par des parents plus âgés. On a mentionné une histoire de testament caché dans un vase de Chine. On a aussi parlé d'Oxford et de Cambridge, mais je ne vois pas comment les gens auraient pu être au courant de choses cachées dans ces deux villes. Cela paraît invraisemblable.

— Peut-être quelqu'un avait-il un fils ou un neveu étudiant qui aurait emporté des documents.

— Possible, mais peu probable.

— Les personnes que tu as vues ont-elles parlé de Marie Jordan ?

— Elles ne la connaissaient évidemment que de

nom — par leurs grands-pères, leurs grand-mères —, et personne ne peut affirmer qu'elle ait été véritablement une espionne allemande.

— A-t-on parlé de sa mort ?

— On l'a attribuée à un accident causé par la digitale que l'on avait prise pour des épinards, ou peut-être pour de l'oseille. Tous les convives s'en sont tirés sauf elle.

— Même histoire avec une mise en scène différente, murmura Tommy.

— Les gens ont sans doute trop d'imagination. Une personne prénommée Bessie a déclaré : « C'était ma grand-mère qui parlait de cela, mais les événements en question étaient bien antérieurs, et je suis persuadée que certains détails du récit qu'elle nous en faisait étaient absolument faux. » Tu sais, Tommy, quand tout le monde parle en même temps, il n'est pas facile de débrouiller les choses. On parlait d'espions, de poison, de pique-nique, de tout ce que tu peux imaginer. Je n'ai pu obtenir de dates exactes, bien entendu.

— Je me demande si le jeune Alexandre avait fait part de ses soupçons à la police. Peut-être avait-il été trop bavard et est-ce pour cela qu'il est mort. Nous connaissons la date de son décès, gravée sur sa tombe, mais nous ignorons encore presque tout de la vie et de la mort de Marie Jordan.

— Nous finirons bien par découvrir quelque chose. Rédige une liste complète des noms, et tu seras surpris de ce que l'on peut parfois déduire d'un mot ou d'une phrase.

— Tu sembles t'être fait des amis intéressants et avoir mis des tas de gens en action. Tu vas d'abord voir une vieille dame en lui apportant un album d'anniversaire, puis tu rends visite à un tas de vieux retraités et tu finis par savoir tout ce qui se passait au temps de leurs grand-mères. Quand nous aurons pu fixer quelques dates et effectué quelques recherches complémentaires, peut-être pourrons-nous obtenir un résultat.

— Je me demande qui étaient ces étudiants

d'Oxford et de Cambridge dont on fait mention : ceux qui auraient caché quelque chose.

— Cela n'avait certainement rien à voir avec l'espionnage.

— On pourrait essayer d'interroger les médecins, les vieux pasteurs, mais je n'ai pas l'impression que ça donnerait grand-chose. J'espère que personne n'a essayé, une fois de plus, de te jouer un mauvais tour.

— Tu veux savoir si personne n'a tenté de me tuer au cours de ces deux derniers jours ? Eh bien, non. Personne ne m'a invitée à un pique-nique, les freins de la voiture n'ont pas été sabotés... Il y a bien une grosse boîte de désherbant dans le hangar, mais elle ne semble pas avoir été découverte.

— Isaac la garde sans doute pour le jour où tu sortiras dans le jardin avec un sandwich à la main.

— Pauvre Isaac ! Il ne faut pas dire des choses comme ça sur son compte. Il est en passe de devenir un de mes meilleurs amis. Maintenant, je me demande...

— Quoi donc ?

— Cela me rappelle quelque chose. Une vieille dame qui, tous les soirs, mettait ses boucles d'oreilles dans ses mitaines. C'était celle qui croyait que tout le monde voulait l'empoisonner. Quelqu'un d'autre a parlé d'une personne qui plaçait son argent dans un tronc pour les missions. Tu sais, un de ces trucs en porcelaine pour les Enfants abandonnés. Il y avait une étiquette avec ces mots : *Œuvres pour l'Enfance abandonnée*. Elle y glissait des billets de cinq livres, de manière à avoir toujours un magot sous la main. Quand la boîte était trop pleine, elle la brisait et en achetait une autre.

— Et elle dépensait l'argent, je suppose ?

— Probablement. Mon cousin Emlyn disait toujours : « Personne ne vole les Enfants abandonnés. »

— Tu n'as pas déniché de nouveaux livres, là-haut ?

— Non. Pourquoi ?

— Ce serait un bon endroit pour cacher des documents ; dans des bouquins aussi ennuyeux que des recueils de sermons et des traités de théologie. On creuse l'intérieur et on peut y camoufler un tas de choses.

— Seulement, rien de tel n'a été fait. L'un de ces ouvrages porte le titre : *La Couronne du succès*. Il y en a deux exemplaires. Espérons que le succès couronnera nos efforts.

CHAPITRE IV

INTERVENTION CHIRURGICALE SUR MATHILDE

— Que vas-tu faire cet après-midi, Tuppence ? M'aideras-tu à dresser cette liste de noms et de dates ?

— Je ne crois pas. Je vais sans doute procéder à une opération chirurgicale.

— Je te demande pardon ?

— Je vais ouvrir le ventre de Mathilde.

— Te viendrait-il des idées de violence ?

— Tu connais bien Mathilde, voyons ! C'est le cheval à bascule qui a un trou dans le ventre.

— Et tu vas inventorier ce qui peut se trouver à l'intérieur.

— Exactement. Veux-tu venir m'aider ?

— Je n'y tiens pas particulièrement.

— Seras-tu assez gentil pour le faire ?

Tommy poussa un soupir.

— La demande ainsi formulée, je ne puis guère me dérober. Et puis, après tout, ce sera moins énervant que de dresser des listes. Est-ce qu'Isaac est dans les parages ?

— Nous n'avons pas besoin de lui. J'ai l'impression, d'ailleurs, qu'il m'a fourni tous les renseignements qu'il pouvait détenir.

— Il sait beaucoup de choses, je m'en suis aperçu l'autre jour. Je crois même qu'il doit en connaître certaines dont il ne se souvient pas.

— Tu sais qu'il a plus de quatre-vingts ans, et il a

dû entendre tellement de choses, au cours de sa vie, qu'il n'est certainement plus capable de démêler le vrai du faux. Quoi qu'il en soit, nous allons opérer Mathilde. Mais, auparavant, je ferais bien d'aller changer de vêtements, car il y a dans cette serre une quantité impressionnante de poussière et de toiles d'araignée.

— Tu devrais tout de même aller chercher Isaac, afin qu'il nous aide à retourner la malade sur le dos. Ce serait plus pratique pour fouiller son ventre.

— On pourrait croire que tu as été chirurgien, au cours d'une existence antérieure.

— Ça doit être ça. Nous allons donc lui ôter ce qui pourrait mettre sa vie en danger. Ensuite, nous pourrions la faire repeindre : les enfants de Deborah aimeraient peut-être s'en servir, lors de leur prochain séjour. Il est vrai qu'ils ont déjà tellement de jouets !

— Aucune importance. Ce ne sont pas toujours les jouets les plus beaux et les plus coûteux qui plaisent aux enfants. Ils s'amusent avec un bout de ficelle ou un paquet de chiffons sur lequel on a cousu deux boutons de bottine et qu'ils baptisent Nounours. Ils ont des idées bien personnelles, en ce qui concerne les jouets.

— Eh bien, nous allons nous occuper de Mathilde.

Renverser le cheval à bascule pour le placer dans une position propice à l'opération projetée ne fut pas chose facile, car il était fort lourd. De plus, il était parsemé de clous dont les pointes dépassaient parfois. Tuppence essuya une goutte de sang qui perlait à son doigt, et Tommy poussa un juron en constatant qu'il venait de déchirer son pull-over.

— Au diable ce maudit canasson ! grommela-t-il.

— Il y a des années qu'on aurait dû le faire brûler dans un feu de joie, renchérit Tuppence.

Au même instant, le vieil Isaac fit son apparition.

— Que faites-vous ? demanda-t-il d'un air surpris. Est-ce que je peux vous aider ? Voulez-vous le sortir de la serre ?

— Ce n'est pas nécessaire. Nous voulons simplement le retourner sens dessus dessous pour retirer ce qui se trouve à l'intérieur.

— Qui vous a mis cette idée en tête ? Que pensez-vous y trouver ?

— Rien que des saletés sans intérêt, sûrement, répondit Tommy. Pourtant, si nous pouvions éclaircir un peu les choses, ce serait intéressant. Et quand nous aurons débarrassé cette serre de toutes les vieilleries qui l'encombrent, nous pourrons peut-être l'utiliser pour ranger certains objets : un jeu de croquet, par exemple, ou bien...

— Il y avait autrefois ici un petit terrain de croquet. A l'endroit où se trouve maintenant la roseraie. C'était du temps de Mrs. Faulkner.

— A quelle époque ?

— Oh ! bien avant moi. Et je n'en ai aucun souvenir réel. Vous savez, il y a des gens qui veulent toujours vous raconter des tas de choses sur ce qui se passait autrefois, sur ce qu'on avait pu cacher et pourquoi, mais la plupart de ces histoires ne sont que des craques. Quelques-unes, cependant, peuvent contenir une part de vérité.

— Vous êtes intelligent, Isaac, dit Tuppence. Et vous semblez toujours tout savoir. Comment êtes-vous au courant de l'existence de ce terrain de croquet ?

— J'ai souvent vu, dans cette serre, une boîte contenant un jeu de croquet. Mais je suppose qu'il ne doit plus en rester grand-chose.

Tuppence abandonna Mathilde et se dirigea vers un coin de la serre où elle avait aperçu une boîte de bois. En ayant soulevé le couvercle, non sans une certaine difficulté, elle eut sous les yeux une boule d'un bleu passé et une autre rouge, ainsi qu'un maillet au manche gauchi. Le reste n'était que toiles d'araignée.

— C'est sûrement le jeu de Mrs. Faulkner, dit le vieil Isaac. Elle jouait dans les tournois.

— A Wimbledon ? demanda Tuppence.

— Oh ! je ne crois pas. Il s'agissait de tournois locaux, et c'est ici même qu'ils avaient lieu. J'ai vu des photos chez Mr. Durrance.

103

— Qui est-ce ?

— Le photographe du village. Vous le connaissez, je suppose. Mais, bien sûr, ce n'est plus le même Durrance qui tient le magasin : c'est le petit-fils. Maintenant, il vend surtout des cartes postales, des cartes d'anniversaire et autres babioles de ce genre. Mais il possède encore des tas de photos. L'autre jour, une dame est allée lui demander le portrait de sa grand-mère. Elle voulait savoir s'il restait encore le négatif. Je ne crois pas qu'on l'ait trouvé. Pourtant, je sais que Mr. Durrance a des tas d'albums qui datent d'avant la guerre.

— Des albums, répéta Tuppence d'un air songeur.

Elle enfonça à nouveau son bras dans l'ouverture pratiquée sous le ventre du cheval de bois. Elle en retira d'abord une vieille balle de caoutchouc qui avait été autrefois jaune et rouge.

— Une cachette remarquable, fit-elle observer.

— Ce sont les enfants, répondit Isaac. Toutes les fois qu'ils voient un trou, il faut qu'ils y fourrent quelque chose. Mais il y avait aussi un jeune homme qui, paraît-il, y déposait ses lettres, à une certaine époque.

— Des lettres ? Destinées à qui ?

— A quelque jeune fille, j'imagine.

Le vieillard se tut un instant, avant d'ajouter, selon son habitude :

— Mais c'était avant moi.

Il fit demi-tour et quitta la serre, sous prétexte qu'il devait aller fermer les fenêtres.

— Tous les événements qui nous intéressent se passaient toujours *avant* Isaac, fit remarquer Tuppence en retirant du ventre de Mathilde ses bras recouverts de poussière. C'est incroyable les saletés qu'on a pu fourrer là-dedans. Et également incroyable que personne n'ait jamais songé à les en retirer.

— Pourquoi l'aurait-on fait ?

— Nous le faisons bien, nous.

— Sans doute parce que nous n'avons rien d'autre

à fabriquer. Et je ne crois pas qu'il en sorte grand-chose. Oh !

— Qu'y a-t-il ? demanda vivement Tuppence.

— Je me suis simplement égratigné.

Il retira légèrement son bras, l'enfonça à nouveau et mit finalement à la lumière du jour une écharpe de tricot qui avait manifestement constitué pendant longtemps la nourriture des mites.

— Ecœurant, dit-il.

Tuppence le repoussa légèrement et enfonça plus profondément son bras dans le ventre du cheval.

— Attention aux pointes !

— Qu'est-ce que ceci ? murmura soudain la vieille dame.

Elle retira sa trouvaille, qui n'était autre chose que la roue d'un jouet d'enfant.

— Je commence à croire que nous perdons notre temps, soupira-t-elle.

— Moi, j'en suis fermement convaincu.

— Pourtant, pendant que nous y sommes, nous pouvons aussi bien faire les choses à fond. Mon Dieu, voilà maintenant que j'ai deux araignées qui se promènent sur mon bras. Dans un instant, ce sera un ver. Et j'ai horreur des vers.

— Je ne pense pas qu'il y en ait là-dedans. Ils ne vivent guère que dans la terre, et ils n'auraient sûrement pas envie de choisir le ventre de Mathilde comme pension de famille.

— D'ailleurs, il est maintenant à peu près vide. Pas tout à fait, cependant. Qu'est-ce que ce truc-là ? Ça ressemble à une trousse à aiguilles... Oui. Et il y a encore des aiguilles à l'intérieur. Toutes rouillées, naturellement. Drôle de trouvaille.

— Quelque gamine qui n'aimait pas tricoter a dû fourrer son jeu d'aiguilles dans cette cachette.

— Certainement.

— Je viens de toucher quelque chose qui ressemble à un livre.

— Ça pourrait être intéressant. De quel côté ?

— Mon Dieu, je dirais... du côté du foie.

— Très bien, docteur. Retire-le.

Le livre était visiblement fort ancien et en fort mauvais état.

— C'est un manuel de français, dit Tommy. *Le Petit Précepteur.*

— Comme pour les aiguilles. Un gosse qui ne voulait pas apprendre sa leçon de français et qui a délibérément camouflé son livre dans le ventre du cheval de bois. Brave vieille Mathilde !

— Lorsque le cheval était dans sa position normale, il devait être assez difficile d'enfoncer quelque chose à l'intérieur.

— Pas pour un enfant, qui ne pouvait passer sous le ventre du cheval et se trouvait à la hauteur voulue. Ah ! voici encore autre chose... On dirait une peau d'animal.

— Pouah ! Crois-tu qu'il s'agisse d'un lapin crevé ou autre chose du même genre ?

— Non, ça ne ressemble pas à de la fourrure. Aïe ! encore une pointe.

Tuppence retira lentement son bras.

— C'est un portefeuille. En très beau cuir, d'ailleurs.

— Voyons ce qu'il contient. Mais sans doute est-il vide.

— Il ne l'est pas. Peut-être allons-nous y trouver une liasse de billets de cinq livres !

— Même dans ce cas, ils seraient complètement pourris, je suppose.

— Je n'en suis pas sûre. Les billets de banque étaient autrefois faits d'excellent papier.

— Ce sera peut-être un billet de vingt livres. Cela t'aiderait pour le ménage.

— Si l'argent datait d'avant Isaac, ça pourrait même être un billet de cent livres. Mais j'aimerais encore mieux trouver des souverains en or. Ma grand-tante Maria en avait une pleine bourse, qu'elle nous montrait parfois en nous disant que c'était son magot pour le cas où les Français viendraient à envahir l'Angleterre. Du moins ai-je l'impression qu'il s'agissait des Français. Quoi qu'il en soit, la somme était destinée à être utilisée en période de gêne ou de danger. Je me disais, à ce moment-là, qu'il serait merveilleux, lorsque je serais grande, de posséder une bourse pleine de souverains.

— Qui aurait bien pu te faire un tel présent ?

— Je ne m'attendais nullement à recevoir un présent. Je considérais ces souverains comme une chose qui vous appartenait de plein droit quand on était adulte. J'imaginais une grande personne avec une pèlerine — c'est le terme qu'on employait alors — et un col de fourrure. J'aurais une grande bourse bourrée de pièces d'or, et j'en donnerais à mes petits-fils quand ils retourneraient à l'école.

— Et les petites-filles ?

— Je crois qu'elles n'avaient pas droit aux souverains. Ma grand-mère m'envoyait la moitié d'un billet de cinq livres.

— La moitié d'un billet ? Ça ne pouvait guère te servir.

— Oh mais si ! Parce qu'elle m'envoyait la seconde moitié dans la lettre suivante. Elle pensait que, de cette façon, personne n'aurait envie de me voler cet argent.

— Que de précautions les gens ne prenaient-ils pas, à cette époque !

— C'est vrai. Tiens, qu'est-ce que c'est ?

Tuppence fouillait dans le portefeuille de cuir.

— Sortons une minute pour respirer un peu d'air pur, suggéra Tommy.

Il faisait meilleur, dehors, et on y voyait plus clair pour examiner le portefeuille. Le cuir en était desséché, mais encore en bon état.

— Que crois-tu qu'il contienne ? demanda Tuppence.

— Je l'ignore. Sûrement pas de l'argent, en tout cas.

— Non. Je crois que c'est une lettre. Je ne sais si nous pourrons la déchiffrer, après tout ce temps.

Tommy lissa soigneusement le papier jauni et craquelé. L'écriture était grande, et on s'était servi d'une encre bleu foncé :

Lieu de rendez-vous changé. Ken Gardens, près statue Peter Pan, mercredi 25, 15 h 30. **JOANNA.**

— Peut-être avons-nous enfin quelque chose, dit Tuppence.
— Tu supposes que quelqu'un devait se rendre à Londres pour apporter des documents à une personne qui les attendait dans Kensington Gardens ? Mais qui a pu mettre ce mot dans la cachette ou nous venons de la trouver ?
— Certainement pas un enfant. Sans doute quelqu'un qui résidait dans cette maison et pouvait aller et venir librement sans se faire remarquer.

Tuppence enveloppa le portefeuille dans l'écharpe qu'elle portait autour du cou, puis elle reprit le chemin de la maison, suivie de son mari.

— Il se peut qu'il y ait d'autres papiers, mais je crains fort qu'ils ne tombent en morceaux quand on les touchera. Tiens ! qu'est-ce que cela ?

Elle désignait un colis que l'on avait déposé sur la table du hall. Au même moment, Albert sortit de la salle à manger.

— On l'a apporté ce matin pour vous, madame.
— Qu'est-ce que ça peut bien être ?

Tuppence prit le paquet et alla s'installer dans le salon, en compagnie de Tommy. Elle défit le nœud de la ficelle et ôta le papier brun.

— C'est un album. Oh ! il y a un mot de Mrs. Griffin.

Chère Mrs. Beresford. Je vous remercie de m'avoir apporté, l'autre jour, cet album d'anniversaire. C'était là une délicate attention de votre part. J'ai pris grand plaisir à le feuilleter et à me souvenir ainsi d'un grand nombre de mes compagnes d'alors. On oublie si vite ! Parfois, on ne se rappelle que le prénom de quelqu'un, et on a oublié le nom de famille. D'autres fois, c'est le contraire qui se produit. J'ai retrouvé récemment ce vieil album qui, je crois, appartenait à ma grand-mère et comporte de nombreuses photographies. Parmi elles, vous en trouverez deux ou trois des Parkinson, avec qui elle était plus ou moins liée. Etant donné que vous vous intéressez à l'histoire de votre maison et des gens qui l'ont habitée, j'ai pensé que vous aimeriez les voir. Ne prenez pas la peine de me retourner cet album, car il ne représente rien pour moi. On a toujours tellement de vieilleries dans une maison. L'autre jour, en fouillant dans une antique commode reléguée dans une mansarde, j'ai découvert six nécessaires d'aiguilles qui doivent bien avoir près de cent ans. Mon arrière-grand-mère avait l'habitude de donner à chacune de ses bonnes un jeu d'aiguilles à l'occasion de Noël. Les trousses que j'ai trouvées étaient évidemment destinées à être distribuées une autre année. Bien sûr, elles sont maintenant inutilisables...

Tuppence interrompit sa lecture.
— Un album de photos, ça peut-être amusant. Jetons-y un coup d'œil.

L'album en question trahissait son grand âge. La plupart des photos étaient passées et jaunies. Néanmoins, Tuppence et Tommy reconnaissaient de-ci de-là les environs de leur maison.

— Regarde, Tommy ! Voici l'araucaria. Et Truelove, tout à côté. La glycine, aussi. La photo a dû être prise au cours d'une réception, car il y a un certain nombre de personnes assises autour d'une table. On a même inscrit les noms en dessous. Mabel... Ce n'était pas une beauté. Et ici ?

— Charles, lut Tommy. Et Edmund. On dirait qu'ils viennent de jouer au tennis. Leurs raquettes sont un peu bizarres. Et voici William. Et le major Coates.

— Et... Oh, Tommy ! Voici Marie.

— Oui. Marie Jordan. On a écrit le nom et le prénom.

— Elle était jolie. Très jolie. Bien que la photo soit fanée, est-ce que ce n'est pas merveilleux — et émouvant — de voir enfin son visage ?

— Je me demande qui a pris cette photo.

— Peut-être le photographe dont Isaac a parlé. Et

il se pourrait qu'il en ait d'autres. Il faudra aller le lui demander, un de ces jours.

Tommy avait repoussé l'album, et il ouvrait une lettre qui venait d'arriver au courrier de midi.

— Quelque chose d'intéressant ? demanda Tuppence.

— Peut-être. Il faudra que je me rende à Londres demain pour voir le colonel Pikeaway.

— Quel drôle de nom ! Je ne crois pas que tu m'en aies jamais parlé.

— J'ai certainement dû le mentionner une ou deux fois. Il vit dans une affreuse atmosphère de fumée de tabac. As-tu des pastilles pectorales ?

— Des pastilles... Je ne sais pas. Il se peut qu'il m'en reste une boîte depuis l'hiver dernier. Mais tu ne tousses pas, que je sache.

— Je tousserai inévitablement, si je vais rendre visite à Pikeaway. Quand on est chez lui, on a beau fixer les fenêtres d'un air à la fois éploré et plein d'espoir, il fait semblant de ne pas comprendre.

— Pourquoi crois-tu qu'il veuille te voir ?

— Je n'en ai pas la moindre idée, mais il parle de Robinson, dans sa lettre.

— Le gros bonhomme au teint olivâtre à qui tu as rendu visite l'autre jour ?

— Lui-même.

Tuppence se leva.

— Je vais aller voir ce photographe, annonça-t-elle. Veux-tu m'accompagner ?

— Non. Je vais me baigner.

— Te baigner ? Mais l'eau doit être horriblement froide.

— Peu importe. J'ai besoin d'un bain froid et vivifiant, après toute cette poussière que nous avons respirée.

— Bon. A propos, il y avait une autre lettre, que nous n'avons pas ouverte.

— Je l'avais oubliée. Elle pourrait cependant être intéressante.

— De qui est-elle ?

— De cette personne qui effectue des recherches pour moi. Elle est remarquable.
— Belle, aussi ?
— Si elle l'est, ce n'est pas visible à l'œil nu.
— Je m'en réjouis. Vois-tu, maintenant que tu avances en âge, tu pourrais avoir des idées dangereuses si tu avais une belle collaboratrice.
— Tu ne sais pas apprécier le mari fidèle que tu as, Tuppence.
— Toutes mes amies prétendent qu'avec les hommes on ne sait jamais.
— C'est que tu choisis mal tes amies, ma chère.

CHAPITRE V

ENTRETIEN AVEC LE COLONEL PIKEAWAY

Tommy traversa Regent's Park, puis emprunta plusieurs rues où il n'était pas passé depuis des années. Autrefois, lorsque Tuppence et lui occupaient un appartement non loin de Belsize Park, il allait souvent se promener à Hampstead Heath, en compagnie d'un chien qui appréciait hautement ces sorties. Un chien de nature particulièrement volontaire, d'ailleurs. En quittant la maison, il essayait toujours de tourner à gauche pour rejoindre la route conduisant à Hampstead. Et les efforts de ses maîtres pour le faire tourner à droite, vers les quartiers commerçants, étaient généralement vains. James était un petit personnage fort obstiné. Il aplatissait sur le trottoir son corps en forme de saucisse, tirait la langue et faisait semblant d'être épuisé, ce qui manquait rarement d'attirer des réflexions de la part des passants.

— Regardez ce mignon petit chien, celui qui ressemble à une saucisse. Il est tout haletant, le pauvre. Complètement épuisé.

Tommy prenait alors la laisse des mains de Tuppence et traînait James dans la direction opposée à celle qu'il aurait voulu prendre.

— Ne peux-tu pas le porter, Tom ?
— Porter James ? Il est bien trop lourd.

James, par une manœuvre savante, tournait à nouveau sa saucisse vers Hampstead Heath.

— Voyons, mon petit chien, tu veux peut-être rentrer à la maison ?

James tirait sur sa laisse avec conviction.

— Très bien, soupirait alors Tuppence. Nous irons faire les courses plus tard.

James levait la tête et agitait la queue.

— Entièrement d'accord avec toi, Maman. Tu as fini par comprendre que c'est à Hampstead que je veux aller.

Maintenant, Tommy réfléchissait. Il avait l'adresse du colonel, mais ce n'était pas la même. La dernière fois qu'il avait rendu visite au vieil officier, ce dernier habitait dans le quartier de Bloomsbury. Aujourd'hui, la petite villa devant laquelle il fit halte était située non loin de la maison natale de Keats[1], et elle n'avait pas un aspect spécialement engageant.

Tommy sonna. Une vieille femme correspondant à l'image qu'il se faisait d'une sorcière — menton et nez pointus qui semblaient vouloir se rejoindre — vint lui ouvrir la porte.

— Pourrais-je voir le colonel Pikeaway ?
— Je ne sais pas, répondit la sorcière. De la part de qui ?
— Je m'appelle Beresford.
— Ah oui. Il me semble qu'il a parlé de vous.
— Puis-je laisser ma voiture devant la porte ?
— Pour un petit moment, ça ne risque rien. Il n'y a pas de lignes jaunes, dans le coin, et les agents viennent rarement fouiner par ici. Mais il vaut mieux la fermer. On ne sait jamais.

Tommy suivit la vieille à l'intérieur.

— Au premier étage.

---

1. John Keats (1795-1821), un des plus grands poètes romantiques anglais (*N.d.T.*).

Déjà dans l'escalier, régnait une forte odeur de tabac. La sorcière frappa à une porte, l'entrouvrit et passa son museau de fouine à l'intérieur de la pièce.

— Ce doit être le monsieur que vous attendez, annonça-t-elle sans plus de façons.

Elle s'écarta, et Tommy pénétra dans une atmosphère enfumée qui commença à le faire tousser dès le seuil. Il se demanda s'il se serait souvenu du colonel Pikeaway sans cette fumée et cette odeur de nicotine qui le prenait à la gorge. Un homme âgé, assis dans un fauteuil aux accoudoirs râpés, leva les yeux à son entrée.

— Thomas Beresford ! Combien d'années y a-t-il que nous ne nous sommes pas vus ? Vous étiez venu avec... Bah ! Peu importe. Un nom en vaut un autre. « Une rose autrement dénommée serait tout aussi parfumée. » Shakespeare a parfois fait dire de drôles de choses à ses personnages. Mais, bien sûr, étant poète, il ne pouvait faire autrement. En ce qui me concerne, je n'ai jamais beaucoup aimé *Roméo et Juliette*. Tous ces suicides par amour ! Il y en a bien assez comme ça. Même de nos jours. Asseyez-vous, mon cher.

Tommy débarrassa d'une pile de livres l'unique chaise convenable qui se trouvât dans la pièce.

— Posez-les sur le sol. J'étais en train de chercher une référence. Eh bien, je suis heureux de vous voir. Vous avez un peu vieilli, mais vous paraissez en excellente santé. Jamais eu d'attaque ?

— Non.

— Tant mieux. Il y a tellement de gens qui ont des maladies de cœur, de l'hypertension et tout un tas d'ennuis du même ordre. Ils en font trop, c'est là le malheur. Ils courent d'un endroit à un autre, racontent à tout le monde qu'ils sont surchargés de travail mais que la terre ne pourrait tourner sans eux, et ils sont véritablement convaincus de leur importance.

— Moi, je n'ai pas du tout l'impression d'être très important. Au contraire, il me semble que je me reposerais désormais avec grand plaisir.

— Sage pensée. Le hic, c'est que l'on a toujours autour de soi des gens qui ne vous permettent pas de vous reposer. Qu'est-ce qui vous a conduit à changer de résidence ? Au fait, rappelez-moi le nom de ce patelin où vous vous êtes fixé ?

Tommy donna son adresse au vieux colonel.

— Parfait. Je ne me suis donc pas trompé en rédigeant mon enveloppe.

— Non. J'ai bien reçu votre lettre.

— J'ai cru comprendre que vous étiez allé rendre visite à Robinson. Il est encore sur la brèche, toujours aussi gros, toujours aussi olivâtre et, sans doute, plus riche que jamais. Qu'est-ce qui vous a amené jusqu'à lui ?

— Eh bien, nous avons fait l'acquisition d'une maison, et un de mes amis m'a affirmé que Mr. Robinson serait à même de nous aider à éclaircir une sorte d'énigme remontant à un certain nombre d'années, énigme que ma femme a découverte en feuilletant de vieux bouquins.

— Je me rappelle maintenant que vous avez une femme exceptionnellement intelligente. Elle a fait d'excellent travail, à un moment donné. Vous continuez donc dans la même direction. Aviez-vous des soupçons, avant d'acheter cette maison ?

— Aucun. Nous l'avons achetée parce que nous étions las de l'appartement que nous occupions et parce qu'on ne cessait de nous augmenter le loyer.

— Oui, c'est à la mode. Les propriétaires ne sont jamais satisfaits. De vrais rapaces. Très bien. Vous avez donc acheté cette maison pour y vivre. *Il faut cultiver son jardin*[1]. Hum ! j'essaie de me remettre au français. Il faut bien s'adapter au Marché commun, n'est-ce pas ? Il se passe d'ailleurs, en coulisse, des choses étranges que vous n'apercevez pas sur le devant de la scène. Bon. Vous êtes installés à Holloquay. J'aimerais savoir ce qui vous y a amenés.

— Simplement la maison dont nous avons fait l'acquisition. *Les Lauriers*.

---

1. En français dans le texte.

— Drôle de nom, mais qui a été assez en vogue, à une certaine époque. Quand j'étais jeune, tous nos voisins entretenaient, à grand renfort de gravier, d'immenses allées bordées de lauriers. J'imagine que la maison que vous avez achetée porte ce nom depuis longtemps. Je ne suis jamais allé à Holloquay, mais j'ai entendu parler d'événements qui s'y sont déroulés avant la première guerre, à un moment de grande anxiété pour notre pays.

— J'ai cru comprendre que vous possédiez des renseignements concernant une jeune fille du nom de Marie Jordan. C'est, du moins, ce que Mr. Robinson m'a laissé entendre.

— Voulez-vous savoir comment elle était ? Allez regarder la photo qui se trouve sur la cheminée, à gauche.

Tommy se leva, se dirigea vers la cheminée et prit entre ses mains le cadre contenant la vieille photo. Elle représentait une jeune fille coiffée d'un grand chapeau et tenant un bouquet de roses.

— Ça fait un peu bébête, maintenant, n'est-ce pas ? dit le colonel. Mais c'était une bien belle fille. Elle est morte fort jeune et d'une manière assez tragique.

— Je ne sais pratiquement rien d'elle, répondit Tommy en replaçant le cadre sur la cheminée.

— Je veux bien le croire. Personne ne s'en souvient guère, aujourd'hui.

— On a murmuré que c'était une espionne allemande, mais Mr. Robinson m'a affirmé le contraire.

— Oui. Elle faisait partie de nos services. Et elle a effectué du bon travail. Hélas, quelqu'un l'a démasquée.

— Il y avait, à cette époque, à Holloquay, des gens du nom de Parkinson.

— C'est possible. Je ne suis pas au courant de tous les détails, car je n'étais pas sur cette affaire. Et puis, tout cela a été totalement remué, trafiqué depuis lors ! Parce que, voyez-vous, il y a toujours des troubles dans tous les pays. En ce moment même, il y en a dans le monde entier. Et ce n'est pas la première fois. Vous pouvez revenir deux cents ans en arrière, et vous trouverez des troubles. Remontez à deux cents ans, et vous en trouverez encore. Remontez jusqu'aux Croisades, et vous verrez tout le monde en train de quitter le pays pour aller délivrer Jérusalem. Sans parler des soulèvements dans toute l'Angleterre. Wat Tyler[1] et les autres. Oui, il y a constamment des troubles sur cette terre.

— Actuellement encore ?
— Bien sûr.
— De quel ordre ?
— Nous n'en savons rien. Cependant, on vient me demander sans cesse des renseignements sur certaines gens que j'ai connus autrefois, car on a souvent besoin de se replonger dans les événements passés, dans les secrets d'une autre époque ; besoin de savoir ce que pensaient les gens, ce qu'ils disaient et ce qu'ils gardaient pour eux, ce qu'ils cachaient, ce qu'ils voulaient faire croire et ce qui se passait réellement. Vous-même et votre femme vous êtes occupés d'affaires de ce genre, à plusieurs reprises. Est-il dans vos intentions de continuer ?

— Je n'en sais rien. Pensez-vous que je puisse être encore utile à quelque chose ? Je suis maintenant bien vieux.

— Ma foi, vous paraissez en meilleure santé que la plupart des personnes de votre âge. En meilleure santé, même, que beaucoup de jeunes. Quant à votre femme, elle a toujours été extraordinaire pour lever des lièvres inattendus.

— De quoi s'agit-il exactement ? Je veux bien faire ce que je pourrai si vous le jugez utile ; mais, jusqu'à présent, personne ne m'a fourni aucun renseignement précis.

— Et je ne crois pas que vous appreniez grand-chose. Robinson lui-même ne vous en apprendra pas plus que les autres. Il sait tenir sa langue, ce sacré gros. Mais je vais vous mettre au courant des faits

---

1. Chef de la révolte des paysans, sous Richard II (1381) (*N.d.T.*).

essentiels. Vous connaissez ce monde, où se produisent constamment les mêmes choses, où règnent le matérialisme, la duperie, la rébellion des jeunes, l'amour de la violence renforcée d'une bonne dose de sadisme. C'est presque aussi grave qu'aux jours des jeunesses hitlériennes. Et quand on cherche à découvrir ce qui ne va pas — non seulement dans notre pays mais dans le monde entier —, on s'aperçoit que ce n'est pas tellement facile. Le Marché commun, par exemple, nous l'avons toujours voulu et cherché. Mais il faut que ce soit un véritable marché commun. C'est cela qu'il ne faut pas perdre de vue. Il doit aboutir à une Europe unie. Il faut parvenir à une union des pays civilisés, avec des idées, des croyances, des principes de gens civilisés. Et quand il y a quelque chose qui cloche, il faut pouvoir déterminer d'où cela provient. C'est là que cette vieille grosse baleine de Robinson est encore à la hauteur. Savez-vous qu'on voulait l'anoblir et qu'il a refusé ? Vous n'ignorez pas, évidemment, ce qu'il représente.

— La finance, n'est-ce pas ?

— Oui. Il est au courant de tout ce qui concerne l'argent. Il sait d'où il vient, où il va et pourquoi, il sait ce qu'il y a derrière les banques, les entreprises industrielles, il connaît les responsables de certains scandales, les fortunes édifiées sur le trafic de la drogue, les trafiquants qui distribuent leur camelote dans le monde entier. Il n'ignore rien du culte de l'argent. Non pas de l'argent qui pourrait servir à acheter une maison, mais de celui destiné à fructifier ou à détruire les vieilles croyances. Croyance à l'honnêteté, au libre-échange. On n'a pas besoin d'égalité, dans le monde, mais il faut que les forts aident les faibles, que les riches financent les pauvres. Tout relève maintenant de la finance. Ce que fait la finance, ce qu'elle soutient, il y a des gens qui le savent et d'autres qui le savaient autrefois, des gens dont certaines activités étaient secrètes et qu'il nous faut découvrir. De même qu'il nous faut découvrir qui a hérité des secrets qu'ils détenaient. *Le Nid d'hirondelle* — ou *Les Lauriers*, ainsi que vous l'appelez maintenant — était une sorte de quartier général. Le quartier général du mal, si je puis ainsi m'exprimer. Et, plus tard, il y a eu encore autre chose à Holloquay. Vous souvenez-vous de Jonathan Kane ?

— J'ai entendu prononcer son nom, mais c'est tout.

— C'était un représentant de ce que l'on admirait à l'époque ; ce qui devait devenir le nazisme. Nous ne savions pas encore ce que seraient Hitler et ses acolytes. Ce Jonathan Kane avait des partisans ; beaucoup de partisans. Des jeunes et des moins jeunes. Il avait ses plans, il était au courant de certains secrets. Il savait tout ce qui pouvait lui conférer la puissance. Le chantage, comme toujours, jouait un rôle prépondérant. Eh bien, nous voulons apprendre ce qu'il savait, ce qu'il faisait. Car je pense qu'il peut avoir laissé derrière lui de nombreux adeptes. Des jeunes qui avaient été endoctrinés et qui peuvent avoir conservé jusqu'à maintenant les idées qu'on leur avait inculquées. Vous savez, il y a toujours des secrets qui valent de l'argent. Je ne vous dis rien de précis, parce que je ne sais rien de précis. Et l'ennui, c'est que personne ne sait véritablement. Nous croyons tout connaître, en raison des événements dont nous avons été témoins : les désordres, les guerres, la paix, de nouvelles formes de gouvernement. Oui, nous croyons tout connaître, mais nous nous trompons. Sommes-nous au courant par exemple, des détails concernant la guerre bactériologique ? Connaissons-nous tout ce qui a trait aux gaz et aux divers moyens de répandre la pollution ? Les chimistes ont leurs secrets, de même que la Marine et l'Aviation. Et ces secrets ne sont pas toujours absolument actuels ; ils plongent souvent leurs racines dans le passé. Certains d'entre eux ont déjà été sur le point d'être utilisés ; et ils ne l'ont pas été uniquement parce qu'on n'a pas eu le temps de s'en servir. Néanmoins, ils existent, couchés sur le papier ou confiés à certaines personnes. Et ces personnes ont eu des enfants, des petits-enfants, qui ont conservé jalousement ces secrets et n'hésiteraient pas à les utiliser le moment venu.

Le colonel s'interrompit, pour reprendre au bout d'un moment d'un air pensif.

— Certains ignorent même ce qu'ils détiennent ; d'autres ont détruit les documents qui étaient en leur possession. Mais il est de notre devoir de découvrir tout ce que nous pouvons, car les événements se reproduisent. En divers pays : au Vietnam, en Jordanie, en Israël, et même dans des contrées plus paisibles. En Suède, en Suisse. Partout. Ces choses-là existent, et nous voulons en découvrir la clef. Or, on peut penser que cette clef se trouve parfois dans le passé. Bien sûr, nous ne pouvons pas nous rendre chez un médecin et lui dire : « Hypnotisez-moi et faites-moi voir ce qui se passait en 1914. » Ou en 1918. Ou en 1890. Des idées ont été dressées, qui n'ont jamais été mises à exécution. Des idées ont été émises. Vous savez que, dès le Moyen Age, des hommes rêvaient déjà de voler dans les airs, à l'instar des oiseaux. Les Egyptiens, eux aussi, avaient certaines idées qui n'ont jamais été mises en pratique. Mais lorsque ces idées se transmettent à des gens qui sont capables de les interpréter, de les développer, et qui ont les moyens de les mettre à exécution, n'importe quoi peut se produire — du bon ou du mauvais. Nous avons le sentiment que certaines découvertes — la guerre bactériologique, par exemple — sont difficiles à expliquer, excepté par le processus de quelque développement secret. Et si quelqu'un procédait à un tel développement, il pourrait s'ensuivre de terribles catastrophes. D'autre part, certaines choses peuvent transformer une personne du tout au tout, transformer un homme de bien en un monstre. Et, parmi ces choses, l'argent est au premier plan, à cause de ce qu'il permet d'obtenir, à cause de la puissance qu'il peut procurer. Eh, mon cher Beresford, que dites-vous de tout cela ?

— Je pense que c'est là une perspective passablement effrayante.

— Ne pensez-vous pas que je débite des stupidités, que mes théories ne sont, en fin de compte, que des élucubrations de vieillard ?

— Certes pas. Je sais que vous avez toujours été au courant de bien des choses.

— Hum ! C'est d'ailleurs pour ça qu'on avait besoin de moi. On venait me voir, les visiteurs se plaignaient de la fumée, prétendaient qu'ils suffoquaient, mais ils revenaient tout de même. Vous vous rappelez cette affaire de Francfort, que nous sommes parvenus à arrêter en arrivant jusqu'à la personne qui était derrière à tirer les ficelles. Eh bien, dans celle qui vous préoccupe présentement, il y a aussi quelqu'un derrière. Peut-être même plusieurs personnes. Il se peut que nous puissions parvenir à découvrir leur identité ; mais, même dans le cas contraire, nous pouvons essayer de savoir le fond des choses. Ne pensez-vous pas que tout cela est fantastique ?

— Je crois que rien n'est trop fantastique pour être vrai. C'est ce que j'ai appris, au cours d'une vie déjà longue. Les choses les plus ahurissantes peuvent parfois être vraies. Mais je tiens à vous faire remarquer que je n'ai, moi, aucune qualification réelle, aucune connaissance scientifique. Je ne me suis jamais occupé que de sécurité.

— Néanmoins, vous avez souvent découvert certaines choses, vous et votre femme. Or, vous vous trouvez par hasard au bon endroit. Vous constituez un couple d'un certain âge qui cherche à passer ses jours dans la paix et le calme. Ouvrez les yeux, tendez l'oreille. Un jour ou l'autre, il se produira un événement intéressant. En l'attendant, essayer de découvrir quelles histoires, quelles légendes ont circulé au cours des années passées.

— J'ai déjà entendu parler d'un scandale dans les milieux de la Marine, des plans d'un sous-marin qui auraient été subtilisés. Mais personne n'a paru à même de me fournir des renseignements précis.

— C'est tout de même un point de départ. C'était, me semble-t-il, vers cette époque que Jonathan Kane vivait dans les parages. Il occupait une villa à proximité de la mer, et il avait de nombreux disciples qui étaient en admiration devant lui. Puis il est parti, a traversé l'Italie pour se rendre dans les pays lointains. On prétend aussi qu'il est allé en Russie, en Islande, en Amérique. Mais ce qu'il a fait en réalité, nous l'ignorons.

Le colonel s'interrompit une autre fois.

— Cherchez, furetez, reprit-il au bout d'un moment, mais ne commettez pas d'imprudences. Et veillez sur votre femme. Faites attention à ce que vous mangez, à ce que vous buvez, aux gens que vous fréquentez.

— Nous ferons tout ce qui sera en notre pouvoir, mais je ne crois guère à la réussite. Nous sommes trop vieux pour ce genre de travail. Et puis, nous n'en savons pas assez.

— Il peut vous venir certaines idées intéressantes.

— Ma femme croit que des documents pourraient être cachés dans la maison.

— Ce n'est pas impossible. D'autres ont déjà eu la même idée. Certes, personne n'a rien découvert ; mais peut-être n'a-t-on pas cherché avec toute l'ardeur et la conviction nécessaires. Les maisons changent de propriétaires, sont vendues, revendues, louées et relouées. On y trouve des Lestrange, des Mortimer, des Parkinson. Pas grand-chose à dire des Parkinson, sauf en ce qui concerne un des fils.

— Alexandre ?

— Vous avez donc entendu parler de lui ! Comment ?

— Il avait laissé un message dans un livre que ma femme a découvert chez nous : *Marie Jordan n'est pas décédée de mort naturelle.*

— « Le destin d'un homme est accroché à son cou », dit un vieux proverbe. Poursuivez vos recherches, Beresford. Et franchissez la porte du Destin.

CHAPITRE VI

LA PORTE DU DESTIN

A la devanture du magasin de Mr. Durrance, s'étalaient un certain nombre de photos de mariage, celle d'un bébé en tenu d'Adam qui gigotait sur une couverture et deux autres représentant deux jeunes gens barbus en compagnie de leurs petites amies. Aucune de ces photos n'était très bonne, et plusieurs accusaient déjà leur âge. Il y avait aussi des cartes postales, des cartes d'anniversaire, quelques portefeuilles et agendas de qualité médiocre, ainsi qu'un certain nombre de boîtes de papier à lettres.

Tuppence pénétra dans la petite boutique et tripota quelques-uns des objets en vente, tandis qu'une vieille dame faisait à un client la critique des résultats obtenus avec un appareil. Un jeune homme avec de longs cheveux blonds et un soupçon de barbe s'avança vers Mrs. Beresford et leva vers elle un regard interrogateur.

— Qu'y a-t-il pour votre service, madame ?
— Je voudrais quelques renseignements sur des albums de photos.
— Nous n'avons pas un très grand choix, car les gens font surtout des diapositives, actuellement.
— Je comprends fort bien. Mais il se trouve que je collectionne les albums. Surtout les vieux, comme celui-ci, par exemple.

Tuppence exhiba, un peu à la manière d'un prestidigitateur, celui que Mrs. Griffin lui avait envoyé.

— Il est très ancien, en effet, dit le jeune homme. Je suis sûr qu'il doit avoir au moins cinquante ans. Tout le monde possédait ce genre d'album, à cette époque.

— On avait aussi des albums d'anniversaire.
— Oui, il me semble me rappeler que ma grand-mère en possédait un, dans lequel ses amies inscrivaient leurs noms. Nous vendons encore des cartes d'anniversaire, mais ce sont surtout les cartes de Noël qui sont demandées.

— N'auriez-vous pas de vieux albums, qui pourraient m'intéresser pour ma collection ? Cela vous surprend, sans doute.

— Pas le moins du monde, madame. Tout le monde collectionne quelque chose, de nos jours. Vous n'imagineriez pas les objets que les gens peuvent rechercher. Je ne pense pas que nous ayons rien d'aussi ancien que l'album que vous venez de me montrer, mais je peux tout de même jeter un coup d'œil.

Mr. Durrance passa derrière le comptoir et alla ouvrir un tiroir.

— J'ai des tas de choses, là-dedans. J'ai eu souvent envie de les sortir, mais je ne crois pas que ce soit vendable. Il y a également des tas de photos de mariage. Les gens les réclament sur le moment, mais on ne vient pas chercher de vieilles photos.

— Personne ne vient vous dire, par exemple : « Ma grand-mère s'est mariée dans ce village, et je me demande si vous auriez encore une photo de son mariage ? »

— Je ne crois pas que l'on nous ait jamais demandé cela. Ça peut venir, notez bien, car on réclame parfois des choses étranges. Souvent la photo d'un bébé. Vous savez comment sont les mamans : elles veulent les portraits de leurs enfants quand ils étaient tout jeunes, bien que ce soient la plupart du temps d'assez mauvaises photos. D'autres fois, c'est la police qui vient, pour tâcher d'identifier une personne soupçonnée de crime.

Le jeune homme sourit.

— Ça vient rompre quelque peu la monotonie de tous les jours.

— Vous vous intéressez aux crimes ?

— Ma foi, on lit souvent dans les journaux des comptes rendus d'affaires qui ne manquent pas d'intérêt. Par exemple un homme est soupçonné d'avoir tué sa femme il y a six mois. Certains prétendent qu'elle est encore en vie et se cache quelque part, d'autres qu'elle a été enterrée dans le jardin...

Tuppence commençait à se dire qu'il ne sortait pas grand-chose de cette conversation.

— Vous n'avez pas, j'imagine, de photos d'une personne nommée Marie Jordan, qui serait morte ici, à Holloquay, il y a une soixantaine d'années ?

— Mon père conservait un tas de vieilles choses, et ce nom de Jordan me rappelle quelques vagues souvenirs. Cette fille n'a-t-elle pas été impliquée dans une histoire d'espionnage ? Il paraît qu'elle était à moitié russe... ou allemande, je ne sais plus.

— Et vous ne croyez pas pouvoir retrouver une photo d'elle ?

— Je chercherai, quand j'aurai un moment de libre, et je vous tiendrai au courant. Sans doute êtes-vous romancière ?

— Mon Dieu, je ne passe pas tout mon temps à écrire, mais il est possible, en effet, que je tire un livre de cette histoire. Et des photographies de l'époque seraient les bienvenues pour l'illustrer.

— C'est très intéressant, et je ferai l'impossible pour vous rendre service.

— Je me demande aussi si vous avez entendu parler des Parkinson. Je crois qu'ils habitaient la maison que nous avons achetée.

— Vous voulez parler de la maison sur la colline : *Les Lauriers*. Mais elle portait autrefois un autre nom : *Le Nid d'hirondelle*, me semble-t-il.

Ayant acheté du papier à lettres et quelques cartes postales, Tuppence quitta le magasin de Mr. Durrance et reprit le chemin des *Lauriers*. Contournant la maison, elle se dirigea vers la vieille serre dans l'intention d'y jeter encore un coup d'œil.

Mais elle s'arrêta net à une certaine distance de la porte, près de laquelle apparaissait quelque chose qui ressemblait à un paquet de vieux vêtements. Elle reprit sa marche, se mit à courir et se figea à quelques pas de la serre. Il s'agissait bien de vieux vêtements, mais il y avait, hélas, un corps à l'intérieur. Elle se pencha pour se relever aussitôt et s'appuyer au montant de la porte.

— Pauvre vieil Isaac ! murmura-t-elle.

Au même moment, Albert apparut sur le seuil de la maison. Elle l'appela.

— Albert !... Oh, Albert, c'est terrible ! Isaac... Il est mort, et je crois bien... qu'il a été assassiné.

CHAPITRE VII

L'ENQUÊTE

Le médecin venait de faire son rapport. On entendit ensuite les déclarations de Mrs. Prudence Beresford et de son mari Mr. Thomas Beresford, celle de la belle-fille de la victime, enfin celles de deux anciens employeurs d'Isaac Bodlicott. Deux adolescents, à qui le vieux jardinier avait récemment adressé une semonce, furent également entendus, mais ils protestèrent de leur innocence. Le verdict fut, bien entendu, celui que tout le monde attendait : homicide volontaire perpétré par une ou plusieurs personnes inconnues.

Tuppence quitta la salle en compagnie de son mari.

— Tu t'en es très bien tirée, dit Thomas tandis qu'ils rentraient chez eux. Mieux que la plupart des autres. Ta déposition était parfaitement claire, et le coroner a paru satisfait.

— Je me moque éperdument de ce que peut penser le coroner. Je suis seulement désolée que ce brave Isaac ait été assommé.

— Il faut croire que quelqu'un lui en voulait.

— Pour quelle raison ?

— Ça, je l'ignore.

— Je n'en savais pas plus que toi, mais je ne puis m'empêcher de me demander s'il n'est pas mort un peu à cause de nous.

— Que veux-tu dire ?

— Tu le sais fort bien. A cause de cette maison. *Notre* maison. On dirait que ce n'est pas l'endroit qui nous convient, ainsi que nous l'avions cru au départ.

J'ai de plus en plus l'impression qu'il y a ici quelque chose de pas normal. Quelque vieille rancune qui plonge ses racines dans le passé.

— Marie Jordan ?

— Oui, c'est à elle que je pensais. Mais, en même temps, je me demande quelle relation il peut bien y avoir entre le présent et ce passé déjà lointain.

— Le passé a parfois d'étranges répercussions sur le présent. Des répercussions auxquelles on ne songerait pas. C'est comme une sorte de chaîne.

— Un peu comme l'affaire Jane Finn et les aventures que nous avons vécues à ce moment-là.

— Oui. Et, parfois, lorsque je tourne mes regards vers ce passé, je me demande comment nous avons pu en sortir vivants.

— Je ne cherche pas spécialement à me rappeler ce passé, excepté comme une sorte de tremplin, si je puis dire. C'est cette affaire qui nous a lancés, somme toute.

— C'était l'époque de Mrs. Blenkinsop.

Tuppence se mit à rire.

— Je n'oublierai jamais, reprit Tommy, le jour où je suis entré dans cette pension de famille et où je t'ai vue là, assise dans ton fauteuil, occupée à tricoter. Comment as-tu pu avoir l'audace de faire ce que tu as fait ? Déplacer cette penderie afin de surprendre une conversation...

Tuppence rit à nouveau.

— Tu ne penses tout de même pas, continua Tommy, que cette affaire était ce que tu as appelé un tremplin pour parvenir à celle qui nous occupe aujourd'hui ?

— Si, en un certain sens. Car je suppose que Mr. Robinson ne t'aurait pas confié de secrets s'il n'avait été au courant de toutes les affaires dont nous nous sommes occupés autrefois. Seulement, la mort d'Isaac, c'est une autre histoire. Pourtant, je ne puis m'empêcher de penser qu'elle est liée aux événements passés.

— Mais alors, pourquoi n'a-t-on pas cherché à nous tuer, nous ?

— Il n'est pas impossible que l'on essaie. Peut-être Isaac était-il sur le point de nous apprendre quelque chose. Il se peut même qu'il ait menacé quelqu'un de nous parler de cette jeune fille qui a précédé la guerre de 1914 et des secrets vendus à l'ennemi. Alors, on a décidé de le tuer. Si nous n'étions pas venus nous installer à Holloquay, si nous n'avions pas posé autant de questions, rien ne lui serait sans doute arrivé.

— Inutile de t'agiter ainsi, Tuppence.

— Je suis très émue. Et dorénavant, je ne vais pas agir par simple curiosité, car ceci n'est pas une plaisanterie. Il nous faut maintenant donner la chasse à un assassin. Qui est-il ? Nous l'ignorons pour l'instant, mais nous pouvons le découvrir. Nous n'enquêtons plus sur le passé, mais sur le présent ; sur un drame qui s'est déroulé il y a cinq ou six jours à peine et qui nous touche de près. Il nous faut d'abord rassembler tous les indices, puis suivre la piste un peu à la manière d'un chien de chasse.

— Voyons, Tuppence, tu ne peux pas croire vraiment que nous ayons une chance pour...

— Oh mais si ! Je ne sais pas encore comment nous allons nous y prendre, mais je suis persuadée que lorsqu'on a une idée précise...

Un vol d'oiseaux passa au-dessus de leurs têtes. Tuppence leva les yeux, puis reporta ses regards sur la porte du jardin.

— Quelle est la suite de cette citation ? La porte de la Mort, je crois.

— Non. La porte du Destin.

— Le destin. On a l'impression que cela se rapporte au sort de ce malheureux Isaac. La porte du Destin, c'est aussi la porte de *notre* jardin...

Tuppence s'interrompit un instant.

— Une idée vient de me traverser l'esprit.

Tommy jeta un coup d'œil intrigué à sa femme et hocha la tête.

— Cette maison s'appelait autrefois *Le Nid d'hirondelle*, continua la vieille dame. C'est un joli nom. Ou du moins cela pourrait-il l'être un jour.

— Tu as vraiment les idées les plus extraordinaires.

— « Pourtant, ce gazouillis n'est-il pas d'un oiseau ? » C'est bien ainsi que finissait cette citation, n'est-ce pas ? Et peut-être tout finira-t-il ainsi.

Tommy et Tuppence étaient encore à une cinquantaine de pas de la maison lorsqu'ils aperçurent une femme debout sur le seuil.

— Je me demande qui ça peut bien être, dit Tommy.

— Quelqu'un que j'ai déjà vu : une parente du vieil Isaac, me semble-t-il. Elle a déposé à l'enquête. Ils habitaient tous ensemble dans une petite maison, à l'extrémité du village : cette femme — qui a trois ou quatre enfants — et une jeune fille. Mais je peux me tromper, naturellement.

La femme s'était retournée et s'avançait vers eux.

— Mrs. Beresford, n'est-ce pas ? demanda-t-elle en levant les yeux vers Tuppence.

— C'est moi.

— Je suis la belle-fille d'Isaac : la femme de son fils Stephen, tué dans un accident il y a cinq ans. Je voudrais vous parler, à vous et à Mr. Beresford. Isaac travaillait chez vous, n'est-ce pas ?

— Oui. Il s'occupait du jardin.

— Je suis venue vous remercier pour les fleurs que vous avez envoyées : elles étaient si belles !

— C'était la moindre des choses. Nous lui devions bien ça, car il nous a beaucoup aidés à nous installer ici. Il nous a aussi donné des conseils pour le jardin, nous expliquant ce qu'il fallait y faire, ce qu'il fallait y semer...

— Plusieurs personnes de sa famille avaient travaillé ici avant lui, et il savait beaucoup de choses sur le village, sur la région. Eh bien, madame, je ne veux pas vous déranger davantage. Je voulais simplement vous dire combien je vous suis reconnaissante. Je suppose qu'il vous faudra maintenant trouver quelqu'un d'autre pour entretenir votre jardin.

— Bien sûr, car nous n'y entendons pas grand-chose nous-mêmes.

Tuppence hésita un instant, se demandant si sa question n'allait pas paraître déplacée ou, tout au moins, prématurée.

— Peut-être, reprit-elle, connaîtriez-vous quelqu'un qui accepterait de venir travailler chez nous ?

— Ma foi, je ne vois personne, pour le moment. Mais j'y réfléchirai, et je vous enverrai Henry — mon second fils — pour vous donner la réponse. Bonjour, madame, bonjour, monsieur.

La femme s'éloigna. Tommy et Tuppence pénétrèrent dans la maison.

— Quel était le nom de famille d'Isaac ? demanda Tommy. Je ne puis arriver à m'en souvenir.

— Bodlicott, me semble-t-il.

— Cette femme s'appelle donc Bodlicott.

— Naturellement. Crois-tu qu'elle sache qui a tué son beau-père ?

— Je n'en ai pas l'impression. Elle est venue simplement pour nous remercier de l'envoi des fleurs. Si elle avait soupçonné quelque chose, elle nous en aurait sûrement parlé.

— C'est possible, mais pas absolument certain.

CHAPITRE VIII

CE QUE SAVAIT LE GRAND-PÈRE ISAAC

Le lendemain matin, Tuppence était en train de faire quelques remarques à un électricien venu apporter certaines modifications à l'installation, lorsqu'Albert apparut.

— Il y a là un jeune garçon qui désire vous parler, madame.

— Qui est-ce ?

— Je ne lui ai pas demandé son nom, madame. Il attend devant la porte.

Tuppence se coiffa de son chapeau de jardin et descendit les marches du perron. Un garçonnet de douze ou treize ans était debout devant la grille.

— Je suppose que tu es Henry Bodlicott.
— Oui, madame. C'était mon grand-père qui travaillait chez vous.
— Une vraie tragédie, n'est-ce pas ? C'est bien triste.
— Oui, mais il était vieux, et je me demande s'il aurait vécu très longtemps. Chaque automne, il toussait affreusement. Je viens voir si vous n'auriez pas un petit travail à faire. Maman m'a dit que vous aviez peut-être des laitues à éclaircir. Je pourrais le faire, si vous vouliez. Je sais où elles se trouvent, car je venais parfois avec grand-père quand il était au travail.
— C'est très gentil de ta part. Viens me montrer.
La vieille dame suivit le petit garçon jusqu'au fond du jardin.
— C'est là, vous voyez ? Elles ont été plantées un peu serré, et il faut les éclaircir si on veut qu'elles grossissent.
— J'avoue ne pas connaître grand-chose aux salades. Je ne m'occupe que des fleurs. Je suppose, cependant, que tu ne veux pas t'engager comme jardinier.
— Oh non, madame. Je vais encore à l'école, mais je fais aussi de petits travaux : je distribue les journaux ; l'été, j'aide à cueillir les fruits...
— Eh bien, si tu connais quelqu'un qui veuille s'occuper du jardin, fais-le-moi savoir.
— C'est entendu, madame.
Tuppence fit demi-tour et se dirigea vers la maison. A mi-chemin, elle s'aperçut qu'elle avait perdu son écharpe. Elle revint sur ses pas. Le petit garçon s'avança vers elle.
— Je cherche mon écharpe, expliqua-t-elle. Ah ! la voilà, sur ce buisson.
Le gamin la lui tendit, puis leva les yeux vers elle, l'air gêné.
— Qu'y a-t-il ? demanda Mrs. Beresford.
Henry paraissait de plus en plus mal à l'aise.
— C'est quelque chose que... je voudrais vous demander, madame.

— Quoi donc ?

Le gosse rougit.

— Ça m'ennuie d'en parler, mais les gens racontent... euh... certaines choses...

Tuppence se demandait ce qui avait bien pu troubler ainsi le jeune Henry. Qu'avait-il pu apprendre sur elle et sur Tommy ?

— Voyons, qu'as-tu entendu raconter ?

— On dit que c'est vous qui avez fait prendre cet espion allemand, pendant la guerre. Vous l'aviez démasqué, et il paraît que vous avez eu des aventures extraordinaires. Vous faisiez partie du service de Renseignements, je suppose. C'est bien ainsi que ça s'appelle, hein ? C'est formidable de savoir que vous habitez maintenant ici, dans notre village. Il était aussi question de chansons d'enfants, dans cette histoire. J'avoue que je n'ai pas bien compris ce que ça venait faire.

— C'était une sorte de code, vois-tu ?

— Formidable ! répéta Henry. Ça ne vous ennuiera pas si j'en parle à mon copain Clarence ? Drôle de nom, Clarence, n'est-ce pas ? A l'école, on le charrie un peu. Mais c'est un brave gars, et il sera ravi de savoir que vous habitez ici.

Le gamin leva vers Tuppence des yeux remplis d'admiration.

— Formidable ! répéta-t-il encore.

— Il y a déjà longtemps de cela, tu sais.

— Est-ce que c'était amusant, ou bien... est-ce que vous avez eu peur ?

— Ma foi, il y avait peut-être un peu des deux. Mais je crois que j'ai surtout eu peur.

— Je comprends ça. C'est drôle que vous soyez venue dans notre village et que vous vous trouviez mêlée à une autre affaire du même genre. Un officier de la Marine britannique, je crois. Mais on dit qu'il était allemand, en réalité. C'est du moins ce que prétend Clarence.

— C'est bien possible.

— C'est peut-être pour ça que vous êtes venue ici avec votre mari, non ? Parce que, autrefois, il s'est passé quelque chose, dans ce village. Il était question d'un officier qui avait vendu les plans d'un sous-marin. Enfin... c'est ce qu'on raconte.

— Ce n'est pas pour cette raison que nous nous sommes installés ici, mais tout simplement parce que nous avons trouvé une maison qui nous plaisait. Cependant, j'ai entendu certaines rumeurs.

— On raconte des tas de choses, mais on ne sait pas toujours ce qui est vrai et ce qui ne l'est pas.

— Comment ton ami Clarence est-il au courant ?

— Il l'a appris par Mick, celui qui habitait à côté de chez le forgeron. Il est mort, maintenant, mais il en savait, des trucs. Mon grand-père Isaac aussi. Il nous en parlait quelquefois.

— Il était donc au courant, lui aussi ?

— Oui. Et je me demande si ce n'est pas à cause de ça qu'on l'a tué. Il en savait peut-être un peu trop.

— Parlait-il souvent de ces événements ?

— Pas souvent, mais quelquefois le soir, en fumant sa pipe. Clarrie et Tom Gillingham — c'est un autre copain — voulaient toujours en savoir davantage. Et grand-père racontait. Bien entendu, nous ne pouvions pas savoir si tout ce qu'il disait était réel ou s'il en inventait une partie. Pourtant, je crois qu'il avait découvert certains détails et qu'il y avait pas mal de vrai dans ce qu'il racontait.

— Sais-tu que tout cela est passionnant ? Essaie de te rappeler ce qu'il disait, veux-tu ? Cela pourrait peut-être nous apprendre qui l'a tué.

— Au début, nous avons pensé que c'était un accident, car il n'avait pas le cœur très solide, et il lui arrivait parfois d'avoir des vertiges. Mais, à l'enquête, on a bien dit qu'il s'agissait d'un meurtre, n'est-ce pas ?

— Cela ne fait pas le moindre doute. Et il faut absolument découvrir le coupable. N'as-tu aucune idée sur la question ?

— Pas vraiment. Grand-père disait souvent que certaines personnes lui en voulaient. Mais il s'agissait toujours de personnes mortes depuis longtemps. Alors...

— Tu devrais nous aider, Henry, suggéra Tuppence.
— Vous voulez dire que... vous me laisseriez chercher avec vous ? Découvrir quelque chose, peut-être ?
— A condition que tu saches tenir ta langue et que tu n'ailles pas le répéter à tout le monde.
— Je comprends. Les copains pourraient, sans le vouloir, renseigner l'assassin, et ça risquerait de devenir dangereux pour vous et pour Mr. Beresford.
— Certes. Et ça ne me plairait pas beaucoup.
— Ecoutez, si j'apprends ou si je découvre quelque chose, je viendrai vous demander si vous n'avez pas un petit travail à me confier. Qu'en dites-vous ? Je pourrais alors vous dire tout ce que je sais sans qu'on s'en doute. Pour le moment, je n'ai rien à vous apprendre. Mais j'ai des amis.

Le gamin se redressa, dans une attitude visiblement calquée sur celle d'un acteur de la télévision.

— Les gens bavardent souvent, et ils ne croient pas que j'écoute. Mais j'enregistre ce qu'ils disent.
— Cette affaire est grave, Henry, et il faut se montrer prudent. Comprends-tu ?
— Bien sûr, madame. Je le serai. Vous savez, grand-père savait certaines choses sur cette maison que vous avez achetée. Il connaissait certaines histoires. Il savait où se rendaient les gens, ce qu'ils faisaient, qui ils rencontraient. Il connaissait aussi les endroits qui pouvaient servir de cachettes. Quand il parlait, Maman n'écoutait pas, car elle pensait que ce n'étaient que des radotages. Mais Clarence et moi, nous trouvions cela passionnant. Clarrie me disait souvent : « Ça ressemble à un film de cinéma. » Et nous en discutions ensemble.
— As-tu jamais entendu parler de Marie Jordan ?
— Naturellement. C'était l'espionne allemande, hein ? Elle soutirait des secrets militaires aux officiers de marine.
— Je suppose que ce devait être quelque chose comme ça, répondit Tuppence sans se compromettre.

Il lui semblait préférable de s'en tenir à cette version, tout en s'excusant mentalement auprès de l'âme de la pauvre Marie Jordan.

— Je suppose qu'elle était très belle, n'est-ce pas ? reprit le petit garçon.

— Ma foi, je n'en sais rien. Au moment de sa mort, je ne devais guère avoir plus de trois ans.

*
* *

— Tu es tout essoufflée, et tu as l'air bien excitée, fit remarquer Tommy au moment où sa femme regagna la maison.

— C'est un peu vrai.

— J'espère que tu ne t'es pas fatiguée à travailler au jardin ?

— Certainement pas. Je n'ai fait que bavarder un peu.

— Avec qui ?

— Avec un gamin.

— Il venait offrir son aide ?

— Oui et non. Il m'exprimait surtout son admiration.

— Envers le jardin ?

— Non. Envers moi.

— Diable !

— Ne prends pas cet air étonné.

— Etait-il en admiration devant ta beauté ou devant ta salopette de jardin ?

— Devant mon passé. Il était tout ému à la pensée que j'étais celle qui avait démasqué un espion allemand, au cours de la dernière guerre. Un faux officier de marine.

— Seigneur ! Encore cette histoire qui ressort. Ne pourrons-nous jamais l'oublier ?

— En ce qui me concerne, je ne suis pas sûre de vouloir l'oublier. Pourquoi, d'ailleurs ? Si nous étions un couple d'acteurs célèbres, nous aimerions, au contraire, nous souvenir du passé.

— Je comprends ton point de vue, évidemment. Mais tu m'as parlé d'un gamin. Quel âge a-t-il ?

— Douze ou treize ans. Il a aussi un camarade prénommé Clarence.

— Et alors ? Qu'est-ce que ça vient faire ?

— Pour le moment, rien. Mais lui et Clarence ont des alliés, et je crois qu'ils seraient disposés à se mettre à notre service pour découvrir certaines choses.

— S'ils n'ont que douze ou treize ans, comment pourraient-ils se rappeler les événements qui nous intéressent ? Que t'a-t-il raconté ?

— Rien de précis. Il essayait seulement d'expliquer ce qu'il avait pu entendre. Oh ! il ne détient pas des renseignements de première main, c'est sûr. Il ne sait que ce qu'il a entendu raconter par Isaac ou par son ami Clarence.

— C'est-à-dire ?

— Difficile à dire. Les gamins ont dû entendre parler de certains endroits, et ils sont impatients de goûter aux joies de la découverte.

— Quel genre de découverte ?

— Celle des objets ou des documents qui peuvent être, dit-on, dissimulés ici.

— Dissimulés. Encore ce grand mot. Mais où ? Et quand ?

— Je l'ignore. Je suis simplement persuadée que le vieil Isaac aurait pu nous en apprendre beaucoup plus qu'il ne l'a fait. On l'a supprimé parce qu'il en savait trop, parce qu'il pouvait se montrer dangereux pour quelqu'un, et nous nous devons de découvrir le meurtrier. Je ne sais pas si « dissimulé » est le mot qui convient, mais il est certain qu'il y a quelque chose de louche dans cette maison. Un document que quelqu'un a pu laisser ou confier à une tierce personne. Isaac était au courant, et on a dû avoir peur qu'il nous raconte tout, car notre réputation est maintenant connue. Tout cela est sûrement lié, d'une manière ou d'une autre, avec l'affaire de Marie Jordan.

— Marie Jordan qui « n'est pas décédée de mort naturelle ».

— Et Isaac a été tué, lui aussi. Il nous faut démasquer le coupable. Sinon...

— En tout cas, il te faut faire preuve de prudence, Tuppence. Si on a tué Isaac parce qu'on le croyait sur le point de révéler quelque secret, on peut parfaitement t'attendre, un soir, dans un coin sombre, et te faire subir le même sort.

— Bien sûr. Mais je ferai attention. Crois-tu que je devrais porter un pistolet sur moi ?

— Certainement pas.

— Crains-tu que je ne sache pas m'en servir ?

— Ce n'est pas ça. Mais tu pourrais trébucher, tomber et te tuer.

— Je ne ferais tout de même pas une chose aussi stupide.

— Tu en es parfaitement capable.

— Alors, je pourrais avoir sur moi un couteau à cran d'arrêt.

— A ta place, je ne porterais aucune arme. Je me contenterais de me promener d'un air innocent en parlant de jardinage. Tu pourrais peut-être aussi laisser entendre que nous sommes un peu déçus par la maison et que nous songeons à aller vivre ailleurs.

— A qui devrai-je dire ça ?

— A tout le monde. Et la nouvelle aura vite fait le tour du village.

— Annonceras-tu la même chose, de ton côté ?

— Certes. Je dirai que la maison ne nous plaît pas autant que nous l'aurions cru.

— Tu es cependant décidé à poursuivre notre enquête ?

— Je ne puis absolument pas revenir en arrière.

— As-tu une idée de la façon dont nous allons nous y prendre ?

— Je vais simplement continuer ce que j'ai commencé. Et toi, as-tu un plan ?

— Pas encore. Mais j'ai quelques idées. Le jeune Henry et son ami Clarence pourront certainement m'aider dans ma tâche.

CHAPITRE IX

LA BRIGADE DES JEUNES

Tommy venait de partir pour Londres, et Tuppence errait dans la maison, s'efforçant de penser à une activité susceptible de l'amener à des résultats tangibles. Pourtant, ce matin, son esprit ne semblait pas déborder d'idées originales. Elle monta jusqu'à sa bibliothèque et se mit à faire le tour des étagères, lisant distraitement les titres des ouvrages : des livres d'enfants en quantité. Mais que pouvait-on en tirer ? Elle était sûre d'avoir déjà examiné chaque volume, et Alexandre Parkinson n'avait révélé aucun autre des secrets qu'il pouvait détenir.

Albert apparut sur le seuil de la porte.

— On vous demande, madame.

— Une personne de connaissance ?

— Je ne le pense pas, madame. Ce sont de jeunes garçons, accompagnés de deux fillettes. Je suppose qu'il s'agit d'une collecte pour une œuvre quelconque.

— Ils n'ont pas dit leurs noms ?

— L'un d'eux a déclaré s'appeler Clarence, et il prétend que vous avez entendu parler de lui.

— Clarence, murmura Tuppence.

Cette visite était-elle le résultat de sa conversation de la veille avec Henry Bodlicott ?

— L'autre garçon est-il là, Albert ? Celui à qui j'ai parlé hier.

— Je ne saurais dire, madame. Ils se ressemblent tous : aussi sales les uns que les autres.

— Bon. Je vais descendre.

Parvenue au rez-de-chaussée, Mrs. Beresford se tourna vers Albert.

— Je ne leur ai pas permis d'entrer dans la maison, madame, dit le domestique. Ce ne serait pas prudent. Ils sont dans le jardin, et ils m'ont dit qu'ils restaient près de la mine d'or.

— Près de quoi ?

— De la mine d'or, madame. Qu'est-ce que ça peut bien signifier ?

— Je crois le savoir. Près de la roseraie, se trouve un petit bassin où il y avait peut-être autrefois des poissons rouges[1].

Mrs. Beresford se dirigea vers le groupe de gosses qui l'attendaient, au nombre d'une douzaine en comptant les deux fillettes.

— La voici ! cria l'un d'eux en l'apercevant. Qui va lui parler ? Toi, George. C'est toujours toi qui baratines.

— Eh bien, cette fois, ce sera moi, déclara Clarence.

— La ferme, Clarrie. Tu sais que tu as mal à la gorge, et si tu parles tu vas tousser.

— Bonjour à tous, interrompit Tuppence. Pour quelle raison désirez-vous me voir ?

— Nous avons quelque chose pour vous, madame, annonça Clarence. Des renseignements. C'est bien ce que vous cherchez, n'est-ce pas ?

— Cela dépend. De quel genre de renseignements s'agit-il ?

— Pas de trucs récents, c'est sûr.

— Des renseignements d'ordre historique, précisa une des fillettes qui paraissait être l'intellectuelle du groupe. Très intéressants, si vous faites des recherches sur le passé.

— Je comprends, répondit Tuppence, essayant de dissimuler le fait qu'elle ne comprenait rien du tout. Comment appelez-vous cet endroit-ci ?

— La mine d'or.

— Oh ! Et... il y a de l'or ?

— En réalité, c'est un bassin pour des poissons rouges, expliqua l'un des garçons. Autrefois, il y en avait des tas, paraît-il. C'était du temps de Mrs. Forrester. Il y a bien... dix ans.

— Vingt-quatre ans, corrigea une des filles.

— Soixante ans, déclara une petite voix. Il y avait

---

[1]. Confusion entre *gold mine* (mine d'or) et *gold fish* (poisson rouge) (*N.d.T.*).

des quantités de poissons, et on dit qu'ils avaient une très grande valeur. Quelquefois, ils se dévoraient les uns les autres ; d'autres fois, ils bondissaient et passaient par-dessus bord.

— Voyons, que voulez-vous me dire à propos des poissons rouges, puisqu'il n'y en a plus maintenant ?

— C'est des renseignements qu'on a à vous donner, trancha la jeune intellectuelle.

Plusieurs voix se mirent à parler en même temps. Tuppence leva la main pour réclamer le silence.

— Pas tout à la fois, je vous prie. De quoi s'agit-il ?

— De quelque chose qui a été caché ici autrefois. Un truc très important.

— Comment êtes-vous au courant ?

La question provoqua un flot de réponses.

— C'était Janie.

— L'oncle de Janie.

— L'oncle Ben.

— Non, c'était Harry. Ou plutôt, le cousin d'Harry. C'est sa grand-mère qui lui a tout raconté, et elle le tenait de Josh, paraît-il. Je crois que Josh, c'était son mari.

— C'était pas son mari, mais son oncle.

Tuppence considéra un instant la petite foule gesticulante.

— Clarence, c'est bien toi, n'est-ce pas ? Ton ami Henry m'a parlé de toi. Que sais-tu exactement ?

— Si vous voulez être au courant, il faut venir au PPC.

— Venir où ?

— Au PPC.

— Qu'est-ce que c'est ?

— Le Pensioner's Palace Club. Vous connaissez pas ?

— Ça fait très imposant.

— Oh, pas du tout, déclara un gosse de neuf ou dix ans. C'est seulement un tas de vieux retraités qui racontent des balivernes. Mais certains prétendent qu'ils savent des choses. Sur la guerre.

— Où se trouve ce PPC ?

— Tout au bout du village, à mi-chemin de Morton Cross. Si vous êtes retraité, vous avez droit à un ticket d'admission. On vous donne alors de quoi croûter. Et toutes sortes de trucs. C'est marrant. La plupart sont très vieux. Quelques-uns sourds ou aveugles.

— J'aimerais bien leur rendre visite, affirma Tuppence. Quand peut-on y aller ?

— Quand on veut, je suppose. Mais ce serait mieux l'après-midi. C'est le moment où ils aiment bien recevoir des visites. Parce que, s'ils disent qu'ils attendent un ami, on leur donne des suppléments pour le thé : des biscuits sucrés, parfois des chips. Que veux-tu dire, Fred ?

Le dénommé Fred fit un pas en avant et s'inclina pompeusement devant la vieille dame.

— Je serai très heureux et très honoré de vous accompagner, madame. Voulez-vous que nous disions cet après-midi, à trois heures et demie ?

— Je t'en prie, intervint Clarence, ne parle pas comme ça. Sois naturel.

— Je serai ravie de me rendre là-bas, déclara Tuppence.

Puis, baissant les yeux vers le bassin :

— Je regrette qu'il n'y ait plus de poissons rouges.

— Paraît que le plus chouette, c'était un poisson japonais. Avec cinq queues ! Formidable. Mais le chien de Mrs. Faggett a plongé dans le bassin, une fois...

Le gamin fut aussitôt contredit.

— Non ! C'était le chien de quelqu'un d'autre. Follyo, je crois, et pas Fagot.

— C'était Foliatt. Et ça s'écrivait avec un « f » minuscule. Pas de majuscule.

— Fais pas l'idiot. Le clebs appartenait à cette Miss French.

— S'est-il noyé ? demanda Tuppence.

— Non. C'était un tout petit chien. Sa mère était tout affolée, et elle est allée s'accrocher à la robe de Miss French. Miss Isabel était dans le verger, en train de cueillir des pommes et elle est accourue. Elle est entrée dans le bassin et a retiré le petit chien. Mais elle était toute trempée, elle n'a jamais pu remettre la robe qu'elle portait ce jour-là.

— Eh bien, il s'en est passé, des choses, par ici ! dit Mrs. Beresford. C'est donc entendu : nous irons à cette maison de retraite cet après-midi. Deux ou trois d'entre vous pourraient m'accompagner.

— En tout cas, pas Betty. Elle y est allée l'autre jour pour assister à une séance de cinéma. Elle ne va pas y retourner aujourd'hui.

— Décidez de tout cela entre vous, dit Tuppence, et venez me prendre vers trois heures et demie.

— J'espère que ça vous intéressera, reprit Clarence.

— Ce sera d'un intérêt historique, déclara la jeune intellectuelle d'un ton ferme.

— Oh, ça va, Janet ! coupa Clarence.

Et, se tournant vers Mrs. Beresford :

— Elle est toujours comme ça, Janet. C'est parce qu'elle est au lycée, comprenez-vous ? Et elle en est un peu fière. Un collège, c'était pas assez pour elle. Ses parents ont fait des tas d'histoires, et elle est finalement entrée au lycée classique.

*
* *

Tout en terminant son déjeuner, Tuppence se demandait si les gosses viendraient à trois heures et demie, comme ils l'avaient promis. Cet établissement de vieillards s'appelait-il ainsi, ou bien était-ce là un nom que les enfants avaient inventé ?

La petite délégation fut ponctuelle. A trois heures et demie précises, le timbre de la porte d'entrée troubla le silence. Tuppence se leva pour aller mettre son imperméable et une capuche de plastique, car la pluie menaçait. Albert apparut au même instant.

— Y a-t-il véritablement un établissement qu'on appelle le PPC ? demanda la vieille dame.

— Oui, madame. C'est une maison qui a été ouverte il y a deux ou trois ans, m'a-t-on dit. Vous passez devant le presbytère, puis vous tournez à droite. C'est un bâtiment d'aspect assez quelconque, mais c'est agréable pour les vieilles gens, qui peuvent s'y rencontrer pour bavarder, jouer, voir des films, assister à des concerts.

Albert ouvrit la porte d'entrée. Janet, en raison sans doute de sa supériorité intellectuelle, apparut la première sur le seuil. Clarence se tenait derrière elle, en compagnie d'un autre garçon répondant au nom de Bert et dont les yeux semblaient éprouver une certaine difficulté à regarder ensemble dans la même direction.

— Bonjour, Mrs. Beresford, dit Janet. Nous sommes heureux que vous vouliez bien venir. Mais je crois que vous feriez bien de prendre un parapluie, car la télé a annoncé du mauvais temps.

Le trajet dura une vingtaine de minutes, et ils franchirent la grille du bâtiment de brique rouge pour atteindre la porte principale, où ils furent reçus par une dame d'une soixantaine d'années et d'aspect imposant.

— Je suis ravie de vous voir, Mrs. Beresford, dit-elle d'une voix forte en tapotant amicalement l'épaule de Tuppence. Puis se tournant vers la fillette : Merci, Janet. Tu n'as pas besoin d'attendre, et tes petits camarades non plus. A moins que vous n'y teniez, bien sûr.

— Je crois, répondit Janet, que les garçons seraient déçus s'il leur fallait repartir tout de suite.

— C'est bon. Dans ce cas, veux-tu aller aux cuisines dire à Maggy qu'elle peut nous apporter le thé ?

Tuppence n'était pas venue spécialement dans le but de prendre le thé, mais elle ne pouvait pas le dire. Le breuvage baptisé thé apparut sans tarder. Il était extrêmement léger, mais les sandwiches et les gâteaux étaient excellents. Au bout d'un moment, un vieillard barbu s'approcha et vint s'asseoir aux côtés de Mrs. Beresford d'un air décidé.

— J'aimerais bien vous dire quelques mots, madame, commença-t-il, étant donné que je suis le doyen et que j'ai entendu raconter plus d'histoires que n'importe qui. Un tas d'histoires sur le passé de la localité. Ah, il s'en est passé, des événements, ici !

Tuppence intervint avant que son interlocuteur n'eût abordé quelque sujet sans intérêt.

— J'ai cru comprendre, effectivement, que bien des choses ont eu lieu pendant la guerre et même avant. Bien sûr, vos souvenirs ne peuvent remonter jusqu'à la guerre de 1914, mais vous avez pu entendre parler de tous ces événements par des parents ou des amis plus âgés.

— Certainement. J'ai appris beaucoup de choses par l'oncle Len. Un sacré gars, l'oncle Len. Il en savait, des trucs ! Par exemple, ce qui se passait dans la maison du quai, avant la dernière guerre. Il y avait là un de ces *nassistes*, comme on disait...

— Nazis, rectifia une vieille dame aux cheveux blancs qui portait un fichu de dentelle autour du cou.

— Nazis, si vous voulez, reprit le doyen. Qu'est-ce que ça peut faire ? Et il y avait des réunions, des comités...

— Et pendant l'autre guerre — celle de 1914 —, n'y avait-il pas une jeune fille appelée Marie Jordan ?

— Ah oui ! Une jolie fille, à ce qu'il paraît. Elle soutirait des secrets militaires aux officiers...

Une très vieille femme se mit à fredonner d'une voix flûtée :

Il n'est pas dans la Marine, il n'est pas dans l'Armée,
   Mais c'est l'homme qu'il me faut.
   Pas dans la Marine et pas dans l'Armée,
Il est dans l'Ar-til-le-rie.

Puis ce fut le vieux qui attaqua à son tour :

  La route est longue jusqu'à Tipperary
    La route est longue
  La route est longue jusqu'à Tipperary...

— Le reste, je ne m'en souviens pas, avoua-t-il avec un haussement d'épaules.

— Ça suffit, Benny, trancha une femme à l'air décidé qui paraissait être sa propre épouse.

Une autre vieille voulut ensuite faire admirer sa voix chevrotante.

> *Toutes les jolies filles aiment un marin,*
> *Toutes les jolies filles aiment un marsouin.*
> *Toutes les jolies filles aiment un marin.*
> *Et vous savez comment sont les marsouins.*

— Tais-toi donc, Maudie, nous la connaissons par cœur, celle-là ! déclara le vieux. La dame n'est pas venue ici pour entendre des chansons. Elle veut savoir ce qui s'est passé autrefois. Ces choses qui avaient été cachées... Tout.

— Cela paraît très intéressant, dit Tuppence d'un air enjoué. Y avait-il donc des choses cachées ?

— Pour sûr. C'était avant la guerre de 1914. Mais personne n'a jamais su exactement de quoi il s'agissait et pourquoi tout cela avait fait tant de bruit.

— C'était à propos d'une course d'aviron. Entre Oxford et Cambridge, vous savez. J'y ai assisté une fois. Une journée merveilleuse. Oxford avait gagné d'une longueur.

— Sottises ! intervint une autre vieille au visage sévère. Vous ne savez rien de tout ça. Moi j'en sais plus que la plupart des gens, bien que ces choses se soient passées alors que j'étais encore enfant. Mais ma grand-mère m'en a parlé, plus tard. Il s'agissait d'or apporté d'Australie.

— Ridicule ! lança un vieillard qui fumait sa pipe. Ils confondaient avec des poissons rouges. Ils étaient assez bêtes et ignorants pour ça.

— En tout cas, ça devait valoir beaucoup d'argent, sinon personne n'aurait songé à le cacher, répliqua quelqu'un d'autre. Des gens du Gouvernement étaient venus jusqu'ici, et il y avait aussi des flics qui fouillaient partout. Bien entendu, ils n'ont rien trouvé.

— Rien d'étonnant, puisqu'ils ne savaient même pas ce qu'ils cherchaient, fit remarquer fort judicieusement une autre vieille dame. Il y a toujours des indices, dans toutes les affaires, mais il faut savoir où les chercher.

— C'est passionnant, dit Tuppence. Et où ces indices pouvaient-ils se trouver ? Dans le village ou bien...

La question déclencha aussitôt un flot de paroles.

— Sur la lande, au-delà de Tower West.

— Pas du tout ! C'était tout près de Little Kenny.

— Non. Dans la caverne. Celle qui surplombe la mer. A Baldy's Head. Là où il y a des roches rouges, vous savez ? Il y avait un ancien tunnel creusé par les contrebandiers. Certains affirment qu'il existe encore.

— J'ai entendu parler, moi, d'un vieux vaisseau espagnol. Chargé de doublons. Ça remonterait à l'époque de l'Armada.

CHAPITRE X

AGRESSION CONTRE TUPPENCE

— Tu as l'air bien fatiguée, fit remarquer Tommy en rentrant ce soir-là. Qu'as-tu fait ?

— Il est vrai que je suis épuisée.

— Es-tu allée farfouiller dans tes vieux bouquins ?

— Non, j'en ai assez de tous ces livres.

— Alors, de quoi s'agit-il ?

— Sais-tu ce qu'est le PPC ?

— Ma foi, non.

— Je t'expliquerai dans une minute. Auparavant, je vais te servir quelque chose. Et je boirais bien un verre, moi aussi.

Ayant préparé deux cocktails, Tuppence mit son mari au courant de ce qu'elle avait fait durant l'après-midi.

— As-tu glané quelque chose d'intéressant ? demanda Tommy d'un air intéressé.

— A vrai dire, je ne sais pas. Lorsque six personnes se mettent à parler en même temps pour raconter des histoires différentes et souvent contradictoires, au bout d'un moment, tu ne sais plus très bien où tu en es. Mais je crois tout de même m'être fait quelques idées.

— Par exemple ?

— Il existe, apparemment, une sorte de légende autour de certains événements antérieurs à la guerre de 1914 ; et on aurait, dit-on, caché quelque chose dans les environs.

— Nous nous en doutions déjà.

— Oui. Mais de vieilles histoires parcourent encore le village, transmises de bouche à oreille, et l'une d'entre elles pourrait contenir une part de vérité. Seulement, c'est un peu comme chercher une aiguille dans une botte de foin.

— Comment donc vas-tu t'y prendre pour essayer de parvenir à un résultat ?

— Je vais commencer par voir certaines personnes susceptibles de me raconter ce qu'elles ont véritablement entendu, en les isolant les unes des autres, et je les amènerai à me confier ce qu'elles ont appris de leur tante Agathe ou de leur oncle James. La première interrogée, je passerai à une autre, et ainsi de suite. Peut-être l'une d'elles pourra-t-elle me fournir une indication valable. Il y a forcément quelque chose à découvrir.

— Je ne le conteste pas. Malheureusement, nous ne savons pas quoi. Or, avant de se lancer dans une affaire, il vaut toujours mieux savoir de quoi il s'agit réellement.

— Bien sûr, je ne crois pas qu'il s'agisse de lingots d'or ou de doublons provenant de l'Armada espagnole. Et je ne pense pas non plus que l'on ait caché quoi que ce soit dans la caverne des contrebandiers.

— Pourquoi n'y trouverait-on pas des fûts d'excellent cognac français ? dit Tommy en se pourléchant les babines.

— Rien n'est impossible. Mais ce ne serait tout de même pas ce que nous cherchons, n'est-ce pas ?

— Ce serait pourtant une découverte qui ne me

laisserait pas indifférent. Bien sûr, il pourrait aussi y avoir des documents, des lettres d'amour ayant servi à exercer un chantage. Hélas, elles n'auraient plus, de nos jours, aucune valeur.

— Evidemment. Et je me demande si nous parviendrons jamais au but.

— J'ai pourtant obtenu quelques renseignements aujourd'hui.

— A quel sujet ?

— Au sujet du recensement. Il semble qu'il ait eu lieu en... je ne me rappelle pas l'année, mais je l'ai notée dans mon agenda. Et il y avait, ce jour-là, de nombreuses personnes chez les Parkinson.

— Comment as-tu appris cela ?

— C'est Miss Collodon qui l'a découvert, au cours de ses recherches.

— Sais-tu que je commence à être jalouse d'elle ?

— C'est vraiment inutile, car elle n'est pas d'une éclatante beauté.

— J'aime mieux ça. Mais qu'est-ce que ce recensement vient faire dans cette histoire ?

— Lorsque Alexandre écrivait : « C'est un de nous qui l'a tuée », il pouvait vouloir désigner une personne qui résidait momentanément ici et qui, par conséquent, avait dû inscrire son nom sur le registre du recensement ; une personne qui aurait passé la nuit sous le toit des Parkinson. On doit pouvoir retrouver tout cela dans les archives. C'est, en tout cas, une possibilité.

— Je veux bien l'admettre. Mais, pour l'instant, j'aimerais passer à table.

Albert servit un dîner savoureux. Sa cuisine était assez irrégulière, mais elle se distinguait ce soir par un remarquable soufflé au fromage. Tommy et Tuppence, absorbés par le repas, oublièrent pendant quelques instants leurs préoccupations.

— Je me sens mieux, maintenant, dit Tuppence après avoir absorbé deux tasses de café. Eh bien, voyons où nous en sommes. Veux-tu me passer mon sac à main, s'il te plaît ? A moins que je ne l'aie oublié dans la salle à manger.

— Pour une fois, ce n'est pas le cas. Il se trouve au pied de ton fauteuil.

Tuppence se pencha pour le saisir.

— Tu m'avais fait là un très beau cadeau, remarqua-t-elle. Du vrai crocodile. Mais il est parfois difficile d'y fourrer certaines choses.

— Et même de les en retirer, apparemment.

— Il en est toujours ainsi avec les sacs à main d'un certain prix. Les plus pratiques, ce sont ceux en vannerie, car ils se gonflent dans tous les sens. Ah ! je crois que je l'ai.

— Quoi donc ?

— Un petit calepin sur lequel j'inscrivais autrefois les vêtements à faire nettoyer, les taies d'oreiller déchirées et autres choses du même genre. Mais il restait quatre ou cinq pages qui n'avaient pas été utilisées, et j'ai pensé que je pourrais m'en servir. J'y ai donc consigné ce que j'ai entendu aujourd'hui, quoique beaucoup de détails me paraissent sans intérêt. J'y avais déjà mentionné le recensement, la première fois que tu en as parlé, tout en ne sachant pas très bien, à ce moment-là, ce que nous pourrions faire de ce renseignement. J'y ai également porté le nom de Mrs. Henderson et celui d'une personne qu'on appelle Dorothy. C'est Mrs. Griffin qui m'en a parlé. Enfin, il y a aussi Oxford et Cambridge. De plus, j'ai découvert un autre détail dans un de ces vieux livres.

— Oxford et Cambridge, répéta Tommy d'un air pensif. Crois-tu que ce soit une histoire d'étudiants ?

— Je ne le pense pas. Je suis persuadée qu'il s'agissait simplement d'un pari sur une course d'aviron.

— Dans ce cas, ça ne peut pas servir à grand-chose.

— On ne sait jamais. Il y a donc cette Mrs. Henderson et quelqu'un qui vivrait dans une maison de retraite appelée *Les Pommiers*. Enfin, cette inscription sur un bout de papier sale qu'on avait fourré dans un livre. Je ne sais plus s'il s'agit de *Catriona* ou d'un ouvrage intitulé *L'Ombre du trône*.

— Celui-ci, c'est un livre sur la Révolution française. Je l'ai lu quand j'étais jeune. Et que comprenait cette inscription ?

— Trois mots griffonnés au crayon : *grin*, puis *hen*, et enfin *Lo* — avec une majuscule.

— Voyons, murmura Tommy, *grin*, fait penser au Cheshire[1] ; *hen* pourrait faire allusion à *Henny-Penny*. Encore un autre conte de fées, n'est-ce pas ? Quant à *Lo*...

— Te voilà coincé, hein ?

— *Lo and behold*[2], reprit Tommy. Mais ça n'a pas de sens.

— Qu'avons-nous, en fin de compte ? Mrs. Griffin, Mrs. Henley — qui habite aux *Pommiers* et que je n'ai pas encore rencontrée —, Oxford et Cambridge, un pari sur une course d'aviron, le recensement, le Cheshire, *Henny-Penny* — l'histoire où la Poule se rend au Dovrefield, dans un conte d'Andersen —, enfin *Lo*. Je suppose que Lo signifie qu'ils étaient arrivés au Dovrefield[3]...

— Je crois que nous sommes en passe de devenir complètement idiots, soupira Tommy.

— Oxford et Cambridge, murmura rêveusement Tuppence. Ça me rappelle quelque chose... Mais quoi ?

— Mathilde ?

— Pas Mathilde, mais...

— Truelove ? suggéra Tommy en riant d'une oreille à l'autre. « Mon bel amour s'en est allé... »

— Cesse de grimacer ainsi, vieux singe. Voyons... *grin-hen-Lo*. Ça ne veut rien dire. Et cependant... Oh ! j'ai une idée... Mais bien sûr ! C'est *grin* qui m'y a fait penser. Le fait de te voir rire de toutes tes dents. *Grin*, *hen*, et puis *Lo*. Bien entendu. C'est forcément ça.

— Ne pourrais-tu t'expliquer plus clairement ? De quoi parles-tu donc ?

— De la course entre Oxford et Cambridge.

---

1. Allusion à une expression anglaise : *to grin like a Cheshire cat* signifiant, rire de toutes ses dents.
2. Expression humoristique : Et voilà qu'il y était ! (*N.d.T.*).
3. Hautes chaînes de Scandinavie (*N.d.T.*).

— Comment ces trois mots qui ne veulent rien dire peuvent-ils te faire penser à Oxford et à Cambridge ?

— Je te le donne en trois.

— J'aime mieux donner ma langue au chat tout de suite, parce que je ne pense pas que cela puisse avoir le moindre sens.

— Et pourtant, ce n'est pas dépourvu de sens.

— Quoi ? La course d'aviron ?

— Non. Rien à voir avec la course. C'est la couleur qui compte. Je veux dire les couleurs.

— Je ne te suis pas du tout.

— *Grin, hen, Lo*. Nous l'avons lu à l'envers. C'est dans l'autre sens qu'il fallait le prendre.

— Tu veux dire « n-i-r-g » ? Nirg ? Mais c'est complètement idiot !

— Ce n'est pas ça. Prends les trois mots et lis-les en commençant par le dernier. Cela te donne Lo-hen-grin.

Tommy fronça les sourcils.

— Tu n'as pas encore saisi ? *Lohengrin*, bien sûr. L'opéra. Wagner. Le cygne !

— Tout cela n'a aucun rapport avec un cygne, voyons !

— Mais si. Ces deux objets de porcelaine, que nous avons trouvés. Les tabourets de jardin, tu te rappelles ; l'un était bleu foncé, l'autre bleu clair. Et je crois que c'est Isaac qui nous a dit : « Voici Oxford et Cambridge. »

— Et tu as brisé Oxford, si je ne me trompe.

— Oui. Mais Cambridge est toujours là. Le bleu clair. Tu ne vois pas, maintenant ? *Lohengrin* ! Quelque chose était caché dans l'un de ces sièges ornés d'un cygne. Tommy, la première chose à faire, c'est maintenant d'aller examiner ce tabouret.

— Quoi ! A onze heures du soir ? Certainement pas.

— Nous irons donc demain.

*
* *

— Il y a là un gamin qui voudrait vous voir, madame.

— Oh ! le petit rouquin ?

— Non, madame. L'autre. Celui qui a un drôle de nom. Clarence, je crois. Il prétend qu'il pourrait vous aider. Je me demande bien en quoi, d'ailleurs.

Clarence était assis sous la véranda, dans un antique fauteuil de rotin. Il tenait une barre de chocolat dans la main gauche et, de la droite, il puisait dans un paquet de chips.

— B'jour, m'dame, dit-il. Je viens voir si je pourrais pas vous donner un coup de main.

— Mon Dieu, nous avons bien besoin d'aide pour le jardin. Je crois que tu venais parfois avec Isaac, n'est-ce pas ?

— De temps en temps. Non pas que je sois très fort en jardinage. D'ailleurs, le père Isaac n'en savait pas beaucoup, lui non plus. Mais on bavardait, tous les deux. Il me racontait des tas de choses extraordinaires. Il prétendait avoir été premier jardinier de Mr. Bolingo, celui qui habitait près de la rivière cette grande maison qui est maintenant transformée en école. Mais ma grand-mère affirme qu'il racontait des blagues.

— Peu importe. Ce que j'aimerais faire, aujourd'hui, c'est retirer certains objets qui se trouvent dans cette petite serre, là-bas.

— Vous voulez parler de Kay-kay ?

— Oui. C'est drôle que tu connaisses ce mot.

— C'est toujours comme ça qu'on l'appelait, avec Isaac. On dit que c'est un mot japonais, mais c'est peut-être pas ça du tout.

Tuppence prit le chemin de la serre en compagnie du jeune garçon et escortée d'Albert, qui avait abandonné la vaisselle du matin dans l'espoir de trouver une occupation plus passionnante. Hannibal, après avoir flairé et reniflé un peu partout dans les environs, à la recherche d'odeurs caractéristiques, rejoignit le petit groupe à la porte de la serre.

— Alors, Hannibal, tu viens nous aider, toi aussi ? dit Tuppence.

— De quelle race est-il ? demanda Clarence. On m'a affirmé que c'était un chien ratier. C'est vrai ?

— Mais oui, répondit Tommy. C'est un terrier de Manchester. Le véritable terrier anglais noir et feu.

Hannibal, comprenant qu'on parlait de lui, tourna la tête et se mit à agiter la queue avec exubérance avant de s'asseoir d'un air digne et content de lui.

— Il mord, hein ? reprit Clarence.

— C'est un bon chien de garde, précisa Tuppence, et il veille remarquablement sur moi.

— Le facteur prétend qu'il a failli se faire mordre, il y a trois ou quatre jours.

— Ce n'est pas impossible. En règle générale, les chiens n'aiment pas beaucoup les facteurs. Sais-tu où se trouve la clef de la serre, Clarence ?

— Sûr. Accrochée dans le hangar, derrière le vieux paillasson. Je vais la chercher.

Le gosse partit en courant pour revenir presque aussitôt avec la clef rouillée mais maintenant soigneusement huilée. Il l'enfonça dans la serrure, tourna. La porte s'ouvrit.

Le tabouret de porcelaine orné du cygne était toujours là. Isaac l'avait lavé et nettoyé avec l'intention de le placer dans la véranda.

— Il devrait y en avoir un autre, fit remarquer Clarence. Isaac les appelait Oxford et Cambridge. Oh ! mais Oxford a été brisé.

— Oui.

— Et qu'est-il arrivé à Mathilde ? Il y a un vrai fouillis tout autour.

— Elle a subi une opération, répondit Tuppence.

Clarence se mit à rire, tandis que la vieille dame considérait le tabouret intact.

— Je suppose qu'il n'y a pas moyen d'attraper ce qui se trouve à l'intérieur ? Il faudrait le briser, comme l'autre. C'est drôle, ces fentes en forme de S percées sur le dessus. Ça fait penser à une boîte aux lettres.

— Vous savez, on peut les dévisser, dit le gamin.

— Les dévisser ! répéta Tuppence. Qui t'a dit ça ?

— Isaac me l'a expliqué, une fois. Ce sera sans

doute un peu dur, mais en y mettant quelques gouttes d'huile, ça devrait marcher.

Clarence alla chercher une burette d'huile sur une étagère et retourna le tabouret. Cambridge parut d'abord un peu récalcitrant. Puis, brusquement, le fond se mit à tourner. Albert le dévissa entièrement et le retira.

— C'est plein d'un tas de saletés, constata Clarence.

Hannibal arriva à la rescousse. Il aimait particulièrement se rendre utile et avait l'impression qu'aucun travail ne pouvait être mené à bonne fin s'il n'y avait mis la main — ou plutôt la patte. Bien que, d'une façon générale, ce fût plutôt sa truffe qui servait à ses investigations. Cette fois, il renifla, éternua, poussa un petit grognement et se recula pour aller s'asseoir un peu plus loin.

— Il n'a pas l'air d'apprécier ça, dit Tommy.

— Aïe ! s'écria Clarence. Je me suis égratigné. On dirait qu'il y a quelque chose accroché à un clou...

Hannibal revint voir si on avait besoin de ses services. Clarence enfonça un peu plus le bras à l'intérieur du tabouret.

— Ça y est ! Je l'ai.

Il retira un petit paquet enveloppé dans une toile imperméable. Hannibal poussa un autre grognement. Tuppence se pencha et le caressa.

— Qu'y a-t-il, Hannibal ? Tu souhaitais peut-être la victoire d'Oxford, et c'est Cambridge qui a gagné.

Puis, se tournant vers son mari :

— Te souviens-tu que nous lui avions laissé regarder la course d'aviron, à la télévision ?

— Oui. Et, vers la fin, il était tellement furieux que nous ne pouvions plus rien entendre.

— Nous pouvions toujours voir. Que veux-tu, la victoire de Cambridge n'était pas de son goût.

— De toute évidence. Il a dû faire ses études à l'Université canine d'Oxford.

Hannibal se rapprocha de Tommy et se remit à agiter la queue d'un air satisfait.

— Ta remarque lui a fait plaisir, me semble-t-il.

— Quelles sont les études qu'il a dû faire, à ton avis ?

— Il a dû passer un diplôme sur le stockage et la conservation des os. Te rappelles-tu la fois où Albert lui avait donné un os de gigot ? Je l'ai d'abord surpris dans le salon, fort occupé à le glisser sous un coussin. L'ayant chassé dans le jardin, je l'ai observé par la fenêtre pendant qu'il enterrait son butin dans le parterre de glaïeuls. Il prend grand soin des os qu'on lui donne et semble vouloir les mettre de côté pour les jours de disette.

— Ne les déterre-t-il jamais ? demanda Clarence.

— Si. Mais il attend généralement qu'ils soient très anciens, c'est-à-dire le moment où il vaudrait mieux les laisser enterrés.

— Le nôtre n'aime pas les biscuits pour chiens, expliqua Clarence. Par contre, il n'a rien contre les gâteaux de Savoie.

Hannibal flaira d'un air digne le trophée que Clarence venait de retirer du tabouret. Puis, faisant soudain volte-face, il se mit à aboyer.

— Va voir s'il n'y a personne dehors, dit Tuppence en s'adressant à son mari. Mrs. Herring m'a dit l'autre jour qu'elle connaissait un vieux jardinier qui accepterait sans doute de venir travailler chez nous. C'est peut-être lui.

Tommy ouvrit la porte et sortit, Hannibal sur ses talons.

— Personne, dit-il.

Le chien poussa un grognement sourd et se remit à aboyer de plus belle.

— Il croit sans doute qu'il y a quelqu'un ou quelque chose dans le gynerium.

Hannibal s'était, en effet, précipité vers le massif touffu, flairant, reniflant, aboyant et tournant de temps à autre la tête vers son maître.

— Je suppose qu'un chat a dû se réfugier là-dedans, reprit Tommy en s'adressant à sa femme debout sur le seuil de la serre. Probablement cette chatte noire qui vient parfois rôder par ici avec son petit.

— Celui qui se faufile partout, ajouta Tuppence. Oh ! je t'en prie, Hannibal, arrête ! Viens ici.

Hannibal se contenta de tourner la tête, l'espace d'une seconde. Il avait l'air furieux. Il leva les yeux vers sa maîtresse, recula de quelques pas mais pour reporter aussitôt son attention sur le massif et se remettre à aboyer.

— Il y a évidemment quelque chose qui le tracasse, dit Tommy. Ici, Hannibal !

Le chien se secoua, agita la tête, regarda encore ses maîtres, puis se précipita vers les arbustes sans cesser de manifester sa fureur.

Et soudain, retentit une détonation.

— Seigneur ! s'écria Tuppence. Quelqu'un qui chasse le lapin, sans doute.

— Rentre vite dans la serre !

Au même instant, un autre coup de feu claqua, et une balle siffla à l'oreille de Tommy. Hannibal fit rapidement le tour du buisson et s'élança à fond de train.

— Il donne la chasse à quelqu'un ! s'écria Tommy en se retournant. Mais... tu es blessée ?

— Je crois bien que j'ai été touchée à l'épaule. Qu'est-ce que... ça signifie ?

— Quelqu'un était caché dans le massif de gynerium, en train d'observer ce que nous faisions, et...

— Encore un coup des Irlandais, dit Clarence. Ils ont voulu nous faire sauter.

— Oh non. Je ne crois pas que cela ait la moindre signification politique, déclara Tuppence.

Ils venaient de franchir la porte du jardin lorsque Hannibal reparut soudain, hors d'haleine. Il se précipita vers Tommy, et, le saisissant par une jambe du pantalon, essaya de l'entraîner dans la direction d'où il venait.

— Il veut que je le suive, dit Tommy.

— Il n'en est pas question, déclara Tuppence. S'il y a là-bas un fou armé d'un pistolet ou d'une carabine, tu ne vas pas aller te faire tuer. Qui veillerait sur moi, si tu n'étais plus là ? Viens, rentrons.

Ils pénétrèrent dans la maison, et Tommy se précipita sur le téléphone.
— Que fais-tu ?
— J'appelle la police, parbleu ! On ne peut pas laisser passer une chose comme celle-là.

Albert reparaissait avec une trousse de premier secours.
— Ne crois-tu pas que je devrais t'emmener à l'hôpital ? demanda Tommy.
— Non. Un petit pansement fera l'affaire. Ce n'est qu'une égratignure, Dieu merci. Mais il faudrait d'abord désinfecter la plaie.
— J'ai de la teinture d'iode, madame, dit Albert.
— Pas de teinture d'iode : ça brûle trop. D'ailleurs, on prétend maintenant dans les hôpitaux que ce n'est pas ça qu'il faut employer. Mais, dis-moi, qu'as-tu fait de ce paquet que nous avons retiré du tabouret ? C'est peut-être une trouvaille importante. N'oublie pas qu'on a tenté de nous tuer. Ça doit vouloir dire quelque chose !

CHAPITRE XI

HANNIBAL PASSE À L'ACTION

Thomas était assis dans son bureau en face de l'inspecteur Norris.
— J'espère qu'avec un peu de chance nous pourrons obtenir des résultats, Mr. Beresford, dit l'officier de police. J'ai cru comprendre que le docteur Crossfield est en train de prodiguer ses soins à votre femme.
— Oui. Mais la blessure est heureusement sans gravité — bien qu'elle ait saigné abondamment —, et le médecin n'éprouve pas la moindre inquiétude.
— J'imagine que Mrs. Beresford n'est plus toute jeune.
— Elle a atteint soixante-dix ans.
— Savez-vous que j'ai beaucoup entendu parler

d'elle, depuis que vous vous êtes installés dans la région ? De vous aussi, naturellement.

— Pas possible !

— Que l'on soit un criminel ou un héros, on peut difficilement faire oublier son passé, Mrs. Beresford. En tout cas, je puis vous assurer que nous mettrons tout en œuvre pour éclaircir cette affaire. Je suppose que vous ne pouvez pas me fournir le signalement de votre agresseur ?

— Hélas, non. Lorsque je l'ai entrevu, il était déjà à une certaine distance et il s'enfuyait, avec mon chien à ses trousses. Tout ce que je puis dire, c'est qu'il ne devait pas être très âgé, car il courait vite !

— N'avez-vous pas reçu des coups de téléphone, des lettres vous demandant de l'argent ou vous incitant à quitter la localité ?

— Non, rien de tel.

— Je crois que vous vous rendez à Londres presque tous les jours.

— C'est exact. Si vous désirez des détails...

— Pas le moins du monde. Je me permettrai seulement de vous suggérer de vous absenter le moins possible, aussi longtemps que cette histoire ne sera pas éclaircie, afin de veiller personnellement à la sécurité de Mrs. Beresford.

— C'était dans mes intentions.

— Nous allons, de notre côté, faire l'impossible pour nous emparer de votre agresseur.

— Croyez-vous connaître son identité ou le mobile qui l'a fait agir ? Mais peut-être n'aurais-je pas dû poser cette question.

— Nous savons pas mal de choses sur certains gaillards des environs. Beaucoup plus, certainement qu'ils ne le pensent. Nous ne faisons pas étalage de nos renseignements, parce que la discrétion est, en fin de compte, la meilleure méthode pour arriver à les coincer. A ce moment-là, nous découvrons s'ils ont agi de leur propre chef ou bien s'ils sont aux ordres de quelqu'un. Dans le cas qui nous occupe, je suis persuadé que le coupable n'est pas un gars du coin.

— D'où vous vient cette idée ?

— On ne peut guère s'empêcher d'entendre certaines rumeurs, et nous avons diverses sources de renseignements.

Les deux hommes gardèrent le silence pendant un instant.

— Voyons, reprit l'inspecteur, si je pouvais me permettre...

— Je vous en prie.

— J'ai cru comprendre que vous souhaiteriez trouver quelqu'un pour s'occuper de votre jardin.

— Bien sûr. Depuis que notre vieux jardinier a été tué...

— Pauvre Isaac ! Il racontait parfois des histoires assez invraisemblables, mais c'était un brave homme en qui on pouvait avoir confiance.

— Je ne puis arriver à comprendre pourquoi on s'en est pris à lui. Personne ne semble avoir la moindre idée sur la question, et on n'a rien découvert.

— Vous voulez dire que *nous* n'avons rien découvert. Mais ce genre de recherches demande un certain temps, vous savez. Lorsque le coroner rend un verdict d'homicide volontaire, ce n'est pas la conclusion de l'affaire ; c'est le début. Mais voici ce que je voulais dire. Un homme viendra sans doute vous demander si vous voulez engager un jardinier. Il vous dira, en guise de références, qu'il a travaillé pendant des années chez Mr. Solomon. Retiendrez-vous le nom ?

— Certes.

— Ce Mr. Solomon est décédé. Mais il a vécu ici et a effectivement employé plusieurs jardiniers. Je ne sais pas exactement sous quel nom se présentera l'homme en question. Tout ce que je peux vous dire, c'est qu'il aura entre trente et cinquante ans et qu'il fera mention de Mr. Solomon. Si quelqu'un se présentait sans vous fournir de références, je vous conseille de ne pas l'engager. Nous allons poursuivre notre enquête, non seulement ici mais dans les environs, et même jusqu'à Londres si c'est nécessaire.

— Je voudrais essayer de tenir ma femme éloignée de tout cela, mais ce n'est pas facile.

— Les femmes sont toujours difficiles, répondit Norris avec un sourire.

*
* *

Quelques instants plus tard, Tommy se retrouvait en présence de sa femme.

— La police ne croit pas que le coupable soit un habitant du village, annonça-t-il.

— Qu'a dit encore cet inspecteur ?

— Que les femmes étaient toujours difficiles.

— Vraiment ! Et se doutait-il que tu allais me le répéter ?

— Probablement, répondit Tommy en se levant. Il faut que je téléphone à Londres, car je n'irai pas de deux ou trois jours.

— Tu peux y aller. Je suis parfaitement en sécurité, ici, avec Albert et Hannibal pour veiller sur moi.

*
* *

Tommy décrocha le téléphone et composa un numéro.

— Le colonel Pikeaway ? Beresford à l'appareil.

— Ah ! bonjour, mon vieux.

— Je voulais vous annoncer que...

— A propos de votre femme ? Je suis déjà prévenu. J'espère qu'elle sera vite rétablie. Inutile d'en parler au téléphone. Mais tenez-moi tout de même au courant de ce qui pourrait survenir.

— Je pourrais avoir certains documents à vous apporter.

— Conservez-les par-devers vous pour le moment et trouvez un endroit sûr pour les cacher jusqu'à nouvel ordre.

— Comme notre chien qui enterre les os dans le jardin.

— Si vous voulez. A propos, j'ai appris qu'il avait donné la chasse à l'homme qui a tiré sur vous.

— Vous me paraissez savoir un tas de choses.
— Ici, nous sommes toujours au courant de tout.
— Je jurerais que vous ne savez pas qu'Hannibal est rentré en nous apportant un échantillon du pantalon de notre agresseur.

CHAPITRE XII

OXFORD, CAMBRIDGE ET LOHENGRIN

— Mon cher, commença le colonel Pikeaway en tirant une énorme bouffée de sa pipe, veuillez m'excuser de vous avoir fait venir jusqu'ici. J'ai pensé qu'il me fallait avoir un entretien avec vous.
— En effet, nous avons eu récemment, à Holloquay, quelques événements plutôt inattendus.
— Et votre femme l'a échappé belle.
— En tout cas, ç'aurait pu être beaucoup plus grave. J'imagine que vous êtes déjà au courant de la plupart des détails de l'affaire ?
— Vous pouvez néanmoins m'en faire un bref résumé. Il y a, en particulier, un point que je ne connais pas bien ; c'est celui qui concerne Lohengrin. Vraiment très astucieuse, votre femme ! Grinhen-Lo. Cela semblait idiot. Et cependant...
— Je vous apporte notre trouvaille, car je n'ai pas osé l'expédier par la poste.
— Vous avez fort bien fait.
— Le paquet se trouvait dans cet antique tabouret de porcelaine décoré d'un cygnes. Lohengrin. Et il contenait des lettres. Un peu abîmées, pour la plupart, en dépit de la toile imperméable qui les protégeait. Mais je suppose que le laboratoire...
— Ne vous inquiétez pas à ce sujet.
— Les voici. Et j'ai dressé une liste des renseignements que ma femme et moi avons recueillis. Des détails qui nous ont été rapportés ou qui ont été mentionnés en notre présence.

— Oui, oui. Il y a certains points forts intéressants.

— Après l'attentat dont nous avons été victimes, je me suis mis en contact avec la police. C'est un certain inspecteur Norris qui a pris l'enquête en main. Il doit être nouveau, car je ne l'avais jamais vu.

Le colonel lança une bouffée de fumée.

— En mission spéciale, dit-il.

— Je suppose que vous le connaissez ?

— C'est lui, effectivement, qui a été chargé de cette enquête. Mais ne croyez-vous pas, Beresford, qu'il serait peut-être sage de vous éloigner pendant un certain temps, en emmenant votre femme ?

— Je ne pense pas pouvoir y parvenir.

— Vous voulez dire qu'elle refuserait de quitter Holloquay ?

— Il ne serait certainement pas facile de l'y contraindre. Elle n'est pas grièvement blessée, elle n'est pas non plus malade, et elle a maintenant compris que nous avions levé un lièvre d'assez belle taille. Dans ces conditions...

— Eh bien, alors, continuez à fureter discrètement un peu partout. C'est tout ce que vous pouvez faire dans un cas de cette espèce.

Le colonel tapota du doigt la petite boîte contenant les lettres.

— Ceci va sans doute nous apprendre ce que nous avions toujours souhaité savoir : qui était impliqué dans cette affaire et qui effectuait la sale besogne en coulisse.

— Mais, voyons...

— Je prévois votre objection... Vous allez me dire que Marie Jordan est morte depuis longtemps. C'est vrai. Mais nous saurons néanmoins ce qui se tramait, comment se passaient les choses, qui les inspirait et aussi, peut-être, qui, depuis lors, a poursuivi la même besogne. Il y a des gens qui ne paraissent pas avoir grande importance, mais qui, parfois, en ont une considérable. Des gens qui ont été en contact avec le même... groupe — pour employer un mot à la mode. Un groupe qui peut, de nos jours, comprendre des éléments nouveaux, mais qui a néanmoins les mêmes idées ; le même amour de la violence et du mal. Il n'y a rien à dire contre certains groupements et certaines associations, mais d'autres sont néfastes précisément parce que ce sont des groupements ou des associations. C'est une sorte de technique, voyez-vous, que nous avons apprise au cours des cinquante ou soixante années qui viennent de s'écouler. Nous avons appris que si un certain nombre de personnes se rassemblent, elles sont capables d'accomplir des choses étonnantes. En bien... ou en mal.

— Puis-je poser une question ?

— On peut toujours poser une question, répondit Pikeaway. Je vous ai déjà dit qu'ici nous savions tout. Mais nous ne divulguons pas forcément ce que nous savons, je dois vous en avertir.

— Le nom de Solomon vous dit-il quelque chose ?

— Ah ! Mr. Solomon. Où avez-vous déniché ce nom ?

— C'est l'inspecteur Norris qui en a fait mention.

— Je comprends. Eh bien, suivez ses instructions. Vous ne verrez pas Solomon, naturellement, puisqu'il est mort. Mais nous nous servons parfois encore de son nom. Il est souvent rentable d'utiliser le nom d'une personne réelle, qui n'est plus là mais que tout le monde tient encore en estime. C'est par pur hasard que vous vous êtes installés aux *Lauriers*, mais nous avions l'espoir que votre présence pourrait nous être précieuse. Néanmoins, je ne veux pas que cela entraîne une catastrophe pour vous ou pour votre femme. Surveillez donc tout le monde, méfiez-vous de tout le monde. C'est la meilleure politique, en l'occurrence.

— En dehors de ma femme, je ne fais confiance qu'à deux êtres : d'abord à Albert, qui est à notre service depuis des années...

— Et puis ?

— A mon chien Hannibal.

CHAPITRE XIII

VISITE DE MISS MULLINS

Tuppence longeait l'allée du jardin lorsqu'elle fut rejointe par Albert.

— Une dame est là qui voudrait vous parler, madame.

— Qui est-ce ?

— Une certaine Miss Mullins. Elle vient de la part d'une autre personne du village.

— Pour le jardin, probablement ?

— Elle a effectivement mentionné le jardin, madame.

— Eh bien, voulez-vous la conduire jusqu'ici, Albert ?

Le domestique s'éloigna, contourna la maison et revint bientôt accompagné d'une grande femme d'allure masculine et campagnarde, vêtue d'un pull-over de grosse laine et d'un pantalon de tweed.

— Bonjour, Mrs. Beresford, dit-elle d'une voix grave. Un peu froid, ce matin, n'est-ce pas ? Je m'appelle Iris Mullins, et c'est Mrs. Griffin qui m'a conseillé de venir vous voir en me disant que vous cherchiez quelqu'un pour s'occuper de votre jardin.

Tuppence tendit la main à sa visiteuse.

— Très heureuse de faire votre connaissance, Miss Mullins. Nous voudrions, en effet, pouvoir trouver un remplaçant à ce pauvre Isaac.

— Il n'y a pas longtemps que vous avez emménagé, je crois ?

— Mon Dieu, j'ai parfois l'impression qu'il y a un siècle, avec tous ces ouvriers dont nous venons à peine de nous débarrasser.

Miss Mullins fit entendre un petit rire.

— Je sais ce que c'est que d'avoir des ouvriers chez soi. Mais vous avez eu raison d'emménager avant les travaux plutôt que de leur abandonner la maison, car rien n'est jamais au point tant que les propriétaires ne sont pas sur les lieux pour vérifier. Et même alors, il faut généralement faire revenir les ouvriers pour achever ou modifier quelque chose. Vous avez là un beau jardin, mais il a été un peu négligé, n'est-ce pas ?

— Oui. J'ai la conviction que les précédents propriétaires ne s'y intéressaient guère. Et puis, il faut dire que la maison était inhabitée depuis un certain temps lorsque nous l'avons achetée.

— C'étaient les Jones qui habitaient ici, me semble-t-il. Mais je ne les connaissais pas personnellement. Je passe la plus grande partie de mon temps à l'autre extrémité de la localité, du côté de la lande. Il y a deux maisons où je vais travailler régulièrement : deux jours par semaine dans l'une, un jour dans l'autre. Mais, à vrai dire, une journée, ce n'est pas suffisant pour entretenir convenablement un jardin d'une certaine importance. Je connaissais Isaac, qui travaillait chez vous depuis votre arrivée. Un brave homme. Il est bien triste qu'il se soit fait tuer par un de ces voyous épris de violence, qui ne songent qu'à massacrer les honnêtes gens. Naturellement, on n'a pas découvert le coupable. Ces malfaiteurs vont en général par petits groupes, et plus ils sont jeunes plus ils sont mauvais. Oh ! vous avez un bien beau magnolia. Beaucoup de gens recherchent les espèces les plus exotiques ; mais, à mon avis, mieux vaut s'en tenir à nos vieux amis. Du moins en ce qui concerne les magnolias.

— Pour le moment, c'est surtout aux légumes que nous songeons.

— Vous avez raison. La plupart des gens manquent totalement de bon sens et sont persuadés qu'il est préférable d'acheter les légumes que de les faire pousser soi-même.

— J'ai toujours souhaité cultiver des pommes de terre et des petits pois. Des haricots verts aussi.

— Choisissez des haricots grimpants. Les jardiniers en sont si fiers qu'ils leur laissent un pied et demi de hauteur. Et ils remportent régulièrement des prix aux expositions.

Albert reparut soudain.

— Mrs. Redcliffe vous demande au téléphone,

madame. Elle voudrait savoir si vous pouvez aller dîner chez elle demain.

— Veuillez m'excuser auprès d'elle, Albert. Il se peut que nous soyons obligés de nous rendre à Londres. Oh ! un instant. Attendez que je griffonne un mot.

Mrs. Beresford tira un petit bloc de son sac à main et écrivit quelques mots sur une feuille qu'elle tendit au domestique.

— Dites à Monsieur que je suis dans le jardin avec Miss Mullins. Et remettez-lui cette adresse que j'avais oublié de lui donner.

Albert disparu. Tuppence revint à sa visiteuse.

— Si vous travaillez hors de chez vous trois jours par semaine, vous devez être très occupée.

— Oui. D'autant plus que j'habite à l'autre bout de la ville, ainsi que je vous le disais tout à l'heure.

Tommy fit bientôt son apparition, Hannibal gambadant autour de lui. Le petit animal s'arrêta un instant auprès de Tuppence, les pattes écartées, et il se précipita soudain sur Miss Mullins en aboyant furieusement. La vieille fille fit prudemment quelques pas en arrière.

— Ne craignez rien, dit Mrs. Beresford, il ne mord pas. Du moins ne mord-il que rarement. C'est cependant un excellent chien de garde. Il ne laisse entrer personne dans la maison et veille tout particulièrement sur moi.

— Un bon chien de garde est chose précieuse, de nos jours.

— Oui. Il y a tellement de vols, un peu partout... Plusieurs de nos amis ont reçu la visite de cambrioleurs. Certains de ces malfaiteurs opèrent même en plein jour, en se faisant passer pour des nettoyeurs de fenêtres, par exemple. Il n'est donc pas mauvais d'avoir un chien à la maison.

— Vous avez tout à fait raison.

— Permettez-moi de vous présenter mon mari... Miss Mullins. C'est Mrs. Griffin qui lui a dit que nous aimerions peut-être engager quelqu'un pour s'occuper du jardin.

— Ne serait-ce pas là un travail un peu trop pénible pour vous, Miss Mullins ?

— Oh non ! Je suis capable de bêcher aussi bien que n'importe qui. C'est une question d'habitude, et il s'agit de savoir s'y prendre.

Cependant, Hannibal continuait à aboyer.

— Je crois, Tommy, que tu ferais bien de le ramener à la maison, dit Tuppence. Il semble particulièrement hargneux, ce matin.

— Entendu.

— Ne voulez-vous pas venir boire quelque chose, Miss Mullins ? Il fait plutôt chaud, et je crois que ce serait indiqué.

Hannibal fut enfermé dans la cuisine, et Miss Mullins accepta un verre de xérès. Après avoir fait quelques autres suggestions concernant le jardin, elle consulta sa montre et déclara qu'elle devait s'en aller.

— J'ai un rendez-vous, expliqua-t-elle, et je ne peux pas me permettre d'être en retard.

Après un au revoir plutôt hâtif, elle prit congé.

— Elle a l'air bien, dit Tuppence après son départ.

— Oui, mais on ne peut jamais savoir, répondit Tommy sans se compromettre.

— Peut-être pourrions-nous prendre des renseignements sur elle.

— Nous verrons cela. Mais tu dois être fatiguée, après cette promenade à travers le jardin. Tu sais qu'on t'a prescrit le repos.

CHAPITRE XIV

ÉCHANGE DE VUES

— Vous avez bien compris, n'est-ce pas, Albert ? demanda Mr. Beresford.

Il se trouvait dans l'office où le domestique était occupé à nettoyer le plateau qu'il venait de redescendre de la chambre de Tuppence.

— Certainement, monsieur.
— D'ailleurs, je crois que vous serez prévenu par Hannibal.
— C'est un bon petit chien, mais il ne se lie pas d'amitié avec n'importe qui.
— Ce n'est pas son rôle. Ce n'est pas un de ces fantaisistes qui accueillent les cambrioleurs avec effusion et vont agiter la queue devant le premier venu.
— J'ai très bien saisi, monsieur. Seulement, je me demande ce que je ferai si Madame... Devrai-je suivre ses instructions ou bien la mettre au courant de ce que vous avez dit et...
— Et il vous faudra faire preuve de diplomatie. Je vais lui conseiller de garder la chambre aujourd'hui. Et je vous la confie.

Albert s'éloigna un instant pour aller ouvrir la porte. Un homme encore jeune, vêtu de tweed, s'avança vers Tommy, le sourire aux lèvres.

— Mr. Beresford ? J'ai appris que vous cherchez un jardinier. Vous n'êtes pas ici depuis longtemps, n'est-ce pas ? J'ai remarqué, en remontant la grande allée, qu'elle commence à être envahie par l'herbe. J'ai travaillé autrefois pour... Mr. Solomon ; vous avez peut-être entendu parler de lui.

— Mr. Solomon. Oui, on a déjà mentionné son nom devant moi.

— Je m'appelle Crispin. Angus Crispin. Voulez-vous que nous jetions un coup d'œil à ce qu'il y aurait à faire, le cas échéant ? Il est temps, je crois, qu'on s'occupe de... ce jardin.

— C'est ici, paraît-il, que l'on cultivait autrefois les épinards, expliqua Mr. Beresford. Un peu plus loin, se trouvaient des châssis. Et des melons.

— Vous semblez très au courant de ce que faisaient vos prédécesseurs.

— Je l'ai surtout appris par le vieil Isaac. Et puis, vous savez, on entend pas mal de choses sur ce qui s'est passé ici, à une époque plus ou moins lointaine. Les vieilles dames du coin vous parlent des parterres de fleurs, de même qu'Alexandre Parkinson avait dû parler à ses amis de la digitale qui poussait également ici, le long de cette allée, à proximité des épinards.

— Ce devait être un jeune garçon assez remarquable.

— Il ne manquait pas d'idées, en tout cas. Et il s'intéressait au crime. Il avait rédigé un message en code dans un roman de Stevenson : *La Flèche noire*.

— Un ouvrage très intéressant. Je l'ai lu, il y a quelques années, à l'époque où je travaillais chez Mr...

— Solomon ?

— C'est cela. Isaac Bodlicott s'est occupé de votre jardin pendant un certain temps, n'est-ce pas ?

— Depuis notre arrivée dans la région. Et, pour son âge, il était vraiment étonnant. Il connaissait bien des choses.

— Et il a dû vous en parler, car il aimait assez bavarder du temps passé.

— Euh... oui. Mais jusqu'à présent, tout semble se réduire à des noms surgis d'une époque lointaine et qui, naturellement, ne signifient à peu près rien pour nous. Néanmoins ma femme a établi une liste, et j'ai, quant à moi, obtenu hier un certain nombre de renseignements.

— De quel ordre ?

— Une affaire de recensement, avec les noms des gens qui avaient passé la nuit ici parce qu'il y avait une réception chez les Parkinson.

— Cela pourrait être intéressant et significatif. Avez-vous fini d'emménager ?

— Oui. Mais il n'est pas impossible que nous déménagions.

— Vous avez pourtant là une maison ravissante, et vous pourriez aussi avoir un très beau jardin, avec tous ces massifs, ces arbustes... Naturellement, il faudrait les élaguer et les tailler. Sinon, ils risquent de ne pas refleurir. Je ne comprends pas ce qui pourrait vous pousser à repartir.

— Les souvenirs du passé ne sont pas ici particulièrement agréables. On croit que tout cela n'a pas d'importance, que ça ne compte plus, mais le passé semble surgir à nouveau devant vous toutes les fois qu'on l'évoque. Voyons, seriez-vous disposé à faire un peu de...

— Un peu de jardinage ? Bien sûr, cela m'intéresserait. C'est un peu mon dada, le jardinage.

— Une certaine Miss Mullins est venue hier offrir ses services.

— Mullins... Mullins...

— C'est Mrs. Griffin qui nous l'avait envoyée.

— Vous êtes-vous entendus avec elle ?

— Pas exactement. En fait, il se trouve que nous avons un chien de garde assez exalté. Un terrier anglais.

— Ces petites bêtes font souvent preuve, en effet, d'un enthousiasme débordant. J'imagine qu'il veille jalousement sur Mrs. Beresford et qu'il doit la suivre partout.

— Vous ne vous trompez pas. Et il serait prêt à écharper quiconque oserait porter la main sur elle.

— Ces animaux sont souvent merveilleux. Affectueux et fidèles, entêtés aussi. Et pourvu de crocs bien acérés. Peut-être ferais-je bien de me tenir sur mes gardes, au fond.

— Hannibal est en ce moment dans la maison.

— Miss Mullins, répéta Mr. Crispin d'un air pensif. Oui, c'est intéressant.

— Qu'est-ce qui est intéressant ?

— Eh bien, il ne me semble pas la connaître. Du moins sous ce nom. S'agit-il d'une femme entre cinquante et soixante ans ?

— Oui. Grande et robuste, avec des allures masculines.

— Isaac aurait pu vous parler d'elle, j'imagine. J'avais entendu murmurer qu'elle était revenue dans la région. Il n'y a pas très longtemps, d'ailleurs.

— Vous paraissez connaître beaucoup plus de choses que moi sur le pays.

— Isaac en savait bien davantage. Et il avait de la mémoire. Ces vieilles personnes rabâchent toujours des tas de choses. Souvent des sornettes, mais parfois aussi des histoires authentiques basées sur des faits réels. Oui, Isaac en savait beaucoup. Peut-être un peu trop.

— C'était un brave homme, qui faisait pour nous tout ce qu'il pouvait. Et j'aimerais bien découvrir le responsable de sa mort.

CHAPITRE XV

HANNIBAL FAIT CAMPAGNE
AVEC MR. CRISPIN

— Entrez ! dit Mrs. Beresford.

Albert passa la tête par l'entrebâillement de la porte de la chambre.

— C'est la dame qui est venue l'autre matin, madame, annonça-t-il. Elle désirerait vous parler un instant au sujet du jardin. J'ai répondu que vous étiez encore couchée et que je n'étais pas sûr que vous puissiez la recevoir.

— Mais si, Albert. Vous pouvez la faire monter.

— Je m'apprêtais à vous apporter votre café, Madame.

— Eh bien, ajoutez une tasse, voilà tout. Vous poserez le plateau sur cette table, et ensuite vous pourrez introduire Miss Mullins.

— Très bien, madame. Et Hannibal ? Dois-je le faire descendre et l'enfermer dans la cuisine ?

— Il n'aime pas beaucoup être relégué dans la cuisine. Mettez-le plutôt dans la salle de bains et refermez la porte.

Hannibal, offensé par l'affront qu'on lui faisait, ne se laissa pousser dans la salle de bains que de fort mauvaise grâce. Et, la porte refermée sur lui, il lança quelques aboiements de protestation.

— Tais-toi ! lui cria Tuppence.

Il cessa d'aboyer. Mais il s'allongea sur le carrelage, les pattes en avant, le nez tout contre l'interstice de la porte. Puis il se mit à grogner.

— Oh ! Mrs. Beresford, dit Miss Mullins en péné-

trant dans la chambre, je ne voudrais pas être importune, mais j'ai pensé que vous seriez heureuse de feuilleter ce livre sur le jardinage. Il contient des suggestions concernant les plantations à faire à cette époque de l'année. On conseille, en particulier, des arbustes qui, à mon avis, réussiraient très bien ici...
Oh, c'est vraiment très aimable à vous. Laissez-moi m'occuper de remplir les tasses. C'est tellement difficile quand on est couché. Je me demande si...

Miss Mullins jeta un coup d'œil à Albert qui venait de lui avancer une chaise.

— Je vous remercie, dit-elle. Mon Dieu, est-ce la sonnette de la porte d'entrée ?

— Ce doit être le laitier, expliqua Albert. Ou peut-être l'épicier : c'est son jour. Si vous voulez bien m'excuser...

Le domestique quitta la pièce en refermant soigneusement la porte derrière lui. Dans la salle de bains, Hannibal laissa échapper un autre grognement.

— Mon chien est très vexé de ne pouvoir assister à notre conversation, dit Tuppence avec un sourire. Mais il est vraiment trop bruyant.

— Prenez-vous du sucre, Mrs. Beresford ?

— Un morceau, s'il vous plaît.

Miss Mullins remplit une tasse.

— Pas de lait pour moi, ajouta Tuppence.

La visiteuse posa la tasse sur la table de chevet et elle s'apprêtait à en remplir une autre pour elle-même. Mais elle trébucha soudain, s'agrippa à un petit guéridon et tomba sur les genoux en poussant un petit cri de consternation.

— Vous êtes-vous fait mal ? demanda Tuppence.

— Non. Oh non, mais j'ai cassé votre vase. Mon pied s'est pris dans la descente de lit et... Mon Dieu, comme je suis maladroite ! Votre joli vase. Qu'allez-vous penser de moi ?

— Ma foi, ça pourrait être pire, dit Tuppence en se penchant un peu hors du lit. Il est cassé en deux morceaux seulement. Il sera donc possible de le recoller, et la cassure se verra à peine.

— Je n'en suis pas moins affreusement vexée. Sachant que vous étiez encore fatiguée, je n'aurais pas dû venir aujourd'hui. Mais je voulais vous dire...

Hannibal se remit à aboyer.

— Pauvre petit chien ! dit Miss Mullins. Voulez-vous que je le laisse sortir ?

— Il vaut mieux pas, car il n'est pas toujours de tout repos.

— Oh ! encore la sonnette ?

— Non. Cette fois, c'est le téléphone.

— Faut-il aller répondre ?

— Albert va s'en occuper, et il apportera le message si c'est nécessaire.

Mais ce fut Tommy qui alla répondre.

— Allô ?... Qui ?... Ah oui... C'est bon. Nous prendrons les mesures qui s'imposent... Oui, je vous remercie.

Il reposa le combiné et leva les yeux vers son compagnon, debout près de lui.

— Un avertissement ? demanda Mr. Crispin.

— Oui, répondit Tommy en continuant à le fixer.

— Il est parfois difficile de savoir qui est votre ami et qui votre ennemi, n'est-ce pas ?

— Et quand on le sait, il est souvent trop tard. La porte du Destin. La caverne...

Mr. Crispin le considéra avec surprise.

— Excusez-moi, reprit Tommy, je ne sais pourquoi nous avons pris l'habitude, dans cette maison, de citer les poètes à tout bout de champ.

— C'est de Flecker, je crois. *Les Portes de Damas*.

— Montons, voulez-vous ? Ma femme se repose, mais elle n'est pas malade.

— J'ai apporté le café à Madame, annonça Albert en apparaissant sur le seuil de la pièce. Et j'ai ajouté une tasse pour Miss Mullins, qui est là-haut avec un livre de jardinage.

— C'est parfait, Albert. Où est Hannibal ?

— Enfermé dans la salle de bains, monsieur.

— J'espère que vous n'avez pas donné un tour de clef : ça ne lui conviendrait pas du tout.

— Non, monsieur. J'ai fait exactement ce que vous m'avez dit.

Tommy s'engagea dans l'escalier, suivi de Mr. Crispin. Il frappa légèrement à la porte de la chambre et entra.

Dans la salle de bains, Hannibal lança encore deux ou trois aboiements et bondit sur la poignée. La porte s'ouvrit, et il se précipita dans la chambre. Après avoir jeté un rapide coup d'œil à Mr. Crispin, il fonça sur Miss Mullins avec un grognement inquiétant.

— Oh, mon Dieu ! s'écria Tuppence.

— Brave petit animal, dit Tommy en se tournant vers Mr. Crispin.

— Il connaît ses ennemis. Et les vôtres.

— Vous a-t-il mordue, Miss Mullins ? demanda Tuppence.

La vieille fille était tombée sur le parquet, et elle se relevait péniblement en lançant un regard noir à Hannibal.

— Un vilain coup de dents, oui.

— Son second, n'est-il pas vrai ? dit Tommy.

— C'est un malin, commenta Mr. Crispin. Qu'en pensez-vous, Dodo, ma chère ? Il y avait longtemps que nous ne nous étions rencontrés, hein ?

Miss Mullins regarda Tuppence, puis Tommy et Mr. Crispin.

— Mullins, reprit ce dernier. Excusez-moi de ne pas être au courant de ce changement d'identité. Est-ce que vous vous appelez maintenant Miss Mullins ?

— Je suis Iris Mullins, comme je l'ai toujours été.

— Je ne vous connaissais pas sous ce nom. Mais peu importe. Je suis tout de même ravi de vous revoir. Et maintenant, je crois que nous ferions bien de sortir d'ici.

Mr. Crispin se tourna vers Tuppence.

— Mrs. Beresford je vous présente mes hommages. Et si vous me permettez de vous donner un conseil, ne buvez pas votre café.

Miss Mullins fit vivement un pas en avant, dans le

but d'aller s'emparer de la tasse, mais Mr. Crispin fut plus rapide.

— Non, ma chère Dodo, pas de ça ! Je m'en chargerai moi-même, car il sera du plus grand intérêt de faire analyser le contenu de cette tasse. Vous avez certainement apporté une petite dose de poison, et il était tellement facile de la laisser tomber discrètement dans le café de Mrs. Beresford.

— Vous êtes fou ! Je n'ai rien fait de semblable. Oh, mais rappelez donc ce maudit chien !

Hannibal cherchait visiblement à chasser Miss Mullins en direction de l'escalier.

— Il veut vous faire quitter la maison, expliqua Tommy. Il a vraiment l'air d'y tenir. Je dois préciser qu'il adore mordre les gens au moment où ils franchissent le seuil. Ah ! Albert, vous voilà. Je savais bien que vous étiez derrière cette porte. Avez-vous, par hasard, observé ce qui s'est passé ?

Le fidèle domestique venait d'apparaître sur le seuil du cabinet de toilette.

— J'ai tout vu, monsieur. Cette femme a laissé tomber quelque chose dans la tasse destinée à Madame. Avec une habileté de prestidigitateur, mais cela ne m'a tout de même pas échappé.

— Je ne sais pas ce que vous voulez dire, protesta Miss Mullins. Je... Oh ! mon Dieu, il faut que je m'en aille : j'ai un rendez-vous important...

Ce disant, elle se précipita hors de la chambre. Hannibal s'élança à sa poursuite, et Mr. Crispin quitta rapidement la pièce à son tour.

— J'espère qu'elle court vite, dit Tuppence. Parce que, dans le cas contraire, Hannibal va encore lui planter les crocs dans les mollets.

Tommy s'approcha de sa femme.

— Ne touche surtout pas à cette tasse, recommanda-t-il, avant que nous n'ayons mis ce café dans un flacon pour l'envoyer au laboratoire. Et maintenant, tu vas passer ta plus belle robe de chambre et descendre au salon. Nous allons boire un cocktail avant le déjeuner.

*
* *

— J'imagine que nous ne saurons jamais ce que tout cela signifie.

Tuppence hocha la tête d'un air de découragement et se leva pour s'approcher de la cheminée.

— Tu veux mettre une autre bûche dans le feu ? demanda Tommy. Laisse-moi faire. On t'a recommandé de ne pas trop bouger.

— Bah ! mon épaule va très bien. Ce n'était qu'une simple égratignure.

— Plutôt une blessure de guerre ! En tout cas, nous nous en sommes assez bien tirés, avec la Mullins.

— Hannibal s'est véritablement surpassé.

— Oui, il a un flair extraordinaire.

— On ne peut pas en dire autant de moi. Mr. Crispin t'a-t-il confié quelque chose ? Je suppose, d'ailleurs, que ce nom n'est pas le sien.

— C'est probable.

— Où se trouve-t-il en ce moment ?

— Il doit être en train de s'occuper de cette chère Miss Mullins.

— Sais-tu que tous ces événements m'ont littéralement affamée ? Rien au monde ne me ferait plus de plaisir qu'un beau crabe avec une sauce au curry.

— Je suis ravi de l'apprendre. Cela prouve que tu es complètement guérie.

— Je n'ai jamais été malade. J'étais blessée. C'est tout à fait différent.

— As-tu vu Mullins — ou Dodo, ainsi que l'appelle Mr. Crispin — mettre quelque chose dans ta tasse ?

— Non, j'avoue que je n'ai rien vu. Elle a fait semblant de se prendre le pied dans le tapis, elle a renversé le guéridon, puis s'est confondue en excuses. Mes yeux étaient fixés sur le vase, car je voulais m'assurer qu'il était susceptible d'être réparé. Aussi n'ai-je pas vu ce qu'elle trafiquait.

— Par bonheur, ce brave Albert n'a rien perdu de la scène.

— Je me demande comment cette Miss Mullins peut bien se rattacher à Marie Jordan, morte il y a plus de soixante ans, ou à un individu comme Jonathan Kane qui n'appartient plus qu'au passé lui aussi.

— Il n'appartient pas seulement au passé. Il peut renaître, si je puis ainsi m'exprimer. Il existe, de par le monde, une énorme quantité de jeunes partisans de la violence, de la violence à tout prix, ainsi que des nazis, regrettant la belle époque d'Hitler et de ses gais lurons !

— Je viens de relire *Le Comte Hannibal*, de Stanley Weyman. Un de ses meilleurs ouvrages. Je l'ai trouvé parmi les livres d'Alexandre Parkinson.

— Et alors ?

— Eh bien, je pensais que, de nos jours, il en est encore ainsi. Qu'il en a sans doute toujours été ainsi. Songe à tous ces pauvres gosses qui sont partis pour la croisade des Enfants, pleins de joie et d'orgueil, croyant qu'ils étaient désignés par le Seigneur pour aller délivrer Jerusalem et que la mer allait s'entrouvrir devant eux comme devant Moïse. Et maintenant, toutes ces jolies filles et ces jeunes gens qui comparaissent devant les tribunaux parce qu'ils ont assommé une vieille personne pour lui voler quelques sous. Et le massacre de la Saint-Barthélemy. Vois-tu, toutes ces choses se reproduisent. Mais je crois que personne ne nous dira rien de ce qui s'est passé véritablement. Penses-tu que Mr. Crispin trouvera la cachette que personne n'a découverte jusqu'ici ? Et, son enquête terminée, reviendra-t-il à Holloquay, pour veiller sur moi et... sur toi, Tommy.

— Je n'ai nul besoin qu'il veille sur moi.

— Ça, c'est de la fatuité, déclara Tuppence.

— Je suppose qu'il viendra nous dire au revoir et s'assurer que tout va bien. C'est tout.

La sonnette de la porte d'entrée se fit entendre. Hannibal bondit et se précipita, prêt à entrer en action à nouveau si quelqu'un se permettait de pénétrer sans y être invité dans cette enceinte dont il avait la garde. Tommy s'éloigna un instant et revint avec une enveloppe.

— Adressée à nous deux. Dois-je l'ouvrir ?
— Certes.
— Eh bien, reprit-il au bout de quelques secondes, voilà qui nous ouvre des perspectives sur l'avenir.
— Qu'est-ce que c'est ?
— Une invitation à dîner de la part de Mr. Robinson, pour un jour de la semaine prochaine. Dès que tu seras complètement rétablie, précise-t-il.
— Penses-tu qu'il nous apprendra quelque chose ?
— Ce n'est pas impossible.
— Devrai-je emporter ma liste avec moi ? De toute manière, je la connais maintenant par cœur.

Elle se mit à réciter rapidement :

— *La Flèche noire, Alexandre Parkinson, Oxford et Cambridge, Lohengrin, Kay-kay, le ventre de Mathilde, Caïn et Abel, Truelove...*

— Je t'en prie, arrête. Cela paraît complètement insensé.
— Y aura-t-il d'autres invités, chez Mr. Robinson ?
— Peut-être le colonel Pikeaway.
— Dans ce cas, je ferais bien de prévoir des pastilles contre la toux. Quoi qu'il en soit, je tiens absolument à voir Mr. Robinson. Je ne puis encore croire qu'il soit aussi gros que tu le prétends. Oh !... mais, Tommy, n'est-ce pas la semaine prochaine que Deborah doit arriver avec les enfants ?
— Non, c'est ce week-end.
— Dieu soit loué ! Tout est donc pour le mieux.

CHAPITRE XVI

LES HIRONDELLES PRENNENT LEUR VOL

— Est-ce la voiture ?

Tuppence sortit vivement sur le pas de la porte, fixant l'allée d'un air anxieux dans l'attente de sa fille

Deborah et de ses trois enfants. Albert venait d'apparaître sur le seuil de la cuisine.

— Non, madame, c'était l'épicier. Vous n'allez pas me croire, mais les œufs ont encore augmenté. Je ne voterai plus jamais pour un gouvernement comme celui que nous avons. Aux prochaines élections, je donnerai ma voix aux Libéraux.

— Voulez-vous que je vienne vous aider à faire la marmelade de rhubarbe pour ce soir ?

— Je m'en suis déjà occupé, madame. Je vous ai observée, la dernière fois, et j'ai vu comment il fallait s'y prendre.

— Vous êtes en passe de devenir un véritable maître queux, Albert. La marmelade de rhubarbe est le dessert favori de Janet. A propos, les chambres sont-elles prêtes ?

— Oui, madame. Mrs. Shacklebury est venue ce matin de bonne heure.

Tuppence poussa un soupir de soulagement à la pensée que tout était en ordre pour l'arrivée de sa famille.

Au même instant, retentit un coup de klaxon, et la voiture de Tommy apparut au tournant de l'allée. Une minute plus tard, tout le monde était sur le perron : Deborah, encore très jolie femme bien qu'elle approchât de la quarantaine, son fils Andrew âgé de quinze ans, et ses deux filles Janet et Rosalie âgées respectivement de onze et sept ans.

— B'jour, grand-mère ! s'écria le garçon.
— Où est Hannibal ? demanda Janet.
— Je veux mon goûter, déclara Rosalie qui paraissait sur le point de fondre en larmes.

Pendant ce temps, Albert déchargeait les bagages auxquels venaient s'ajouter une perruche, un poisson rouge dans un bocal et un hamster dans une cage.

— Voici donc la nouvelle demeure, dit Deborah en embrassant sa mère. Elle me plaît beaucoup.

— Pouvons-nous faire le tour du jardin ? s'informa Janet.

— Après le thé, ma chérie, répondit Tommy.
— Je veux mon goûter, répéta Rosalie.

On passa dans la salle à manger, où Albert servit le thé pour la plus grande satisfaction de tous.

Après quoi, les enfants ressortirent pour aller explorer la propriété, sous la conduite éclairée d'Hannibal.

— Qu'est-ce que toute cette histoire dont j'ai entendu parler, Maman ? demanda Deborah. Qu'est-ce que tu as encore fait ?

— Mon Dieu, nous nous sommes installés aussi confortablement que nous l'avons pu.

La jeune femme ne paraissait pas convaincue.

— Tu as fait quelque chose. N'est-ce pas, Papa ? Tu t'es encore amusée à jouer à Mrs. Blenkinsop. L'ennui, avec toi, c'est qu'il n'y a rien à faire pour te retenir. C'est mon frère, Derek, qui a eu vent de cette affaire et s'est empressé de tout me répéter.

— Comment pouvait-il être au courant ?

— Tu sais qu'il s'arrange toujours pour tout savoir.

Deborah se tourna vers son père.

— Toi aussi, Papa, tu t'es mêlé de cette affaire. J'avais cru comprendre que vous étiez venus vous installer ici, tous les deux, pour vivre en paix.

— C'était bien notre intention, dit Tommy. Mais le destin en a décidé autrement.

— La porte du Destin, murmura Tuppence. La Caravane maudite. Le fort de la Crainte.

— Flecker, précisa Andrew qui revenait au même moment.

Il s'adonnait à la poésie et aurait voulu devenir poète, un jour. Il se mit à réciter le poème.

La ville de Damas a quatre grandes portes :
La porte du Destin et celle du Désert,
La Caverne maudite et le fort de la Crainte.
   O caravane,
Si tu dois les franchir, abstiens-toi de chanter.
N'as-tu pas entendu
Ce silence éternel où meurent les oiseaux ?
Pourtant, ce gazouillis n'est-il pas d'un oiseau ?

Fort à propos, des oiseaux s'envolèrent soudain au-dessus de leurs têtes.

— Quels sont ces oiseaux, grand-mère ? demanda Janet.

— Des hirondelles qui partent pour le sud, chérie.

— Est-ce qu'elles ne reviendront pas ?

— Si. Elles reviendront l'été prochain.

— Et elles vont franchir la porte du destin, dit Andrew avec une visible satisfaction.

— Cette demeure s'appelait autrefois *Le Nid d'hirondelle*, précisa Tuppence.

— Papa m'a annoncé que vous alliez peut-être chercher une autre maison, dit Deborah.

— Pourquoi ? demanda Janet. J'aime bien celle-ci, moi.

— Je vais te fournir quelques raisons, Debbie, répondit Mr. Beresford en tirant une feuille de papier de sa poche. Il se mit à lire à haute voix :

> *La Flèche noire*
> Alexandre Parkinson
> Oxford et Cambridge
> Lohengrin
> Kay-kay
> Le ventre de Mathilde
> Caïn et Abel
> La vaillante Truelove

— Arrête, Tommy, dit Tuppence. Ça, c'est ma liste personnelle. Elle n'a rien à faire avec toi.

— Mais qu'est-ce que ça signifie ? demanda Janet.

— Ça ressemble à une liste d'indices dans un roman policier, déclara Andrew qui ne dédaignait pas ce genre littéraire lorsqu'il ne s'occupait pas de poésie.

— C'est bien une liste d'indices, en quelque sorte, confirma Tommy. Et c'est ce qui pourrait nous inciter à chercher une autre maison.

— Mais j'aime celle-ci, reprit Janet. Elle est ravissante.

— Ravissante, répéta Rosalie. Je voudrais d'autres biscuits au chocolat.

— Elle me plaît, à moi aussi, dit Andrew du ton qu'aurait pu adopter un tsar de Russie.

— Pourquoi ne l'aimes-tu pas, grand-mère ? interrogea encore Janet.

— Mais je l'aime beaucoup ! s'écria Tuppence avec un enthousiasme inattendu. Je l'aime et je veux continuer à vivre ici.

— La porte du destin, murmura Andrew.

— Et nous lui redonnerons son ancien nom : *Le Nid d'hirondelle*.

— Avec cette liste d'indices, tu pourrais écrire une histoire, suggéra Andrew.

— Trop compliqué, répliqua sa mère. Qui lirait un livre comme celui-là ?

— Tu serais étonnée si tu savais le nombre de gens qui le dévoreraient. Et qui l'aimeraient.

Tommy et Tuppence échangèrent un regard.

— Est-ce que je ne pourrais pas avoir un peu de peinture, demain ? demanda Andrew. Albert me donnerait un coup de main, et nous inscririons le nouveau nom sur la plaque.

— Comme ça, les hirondelles sauraient qu'elles peuvent revenir l'été prochain, dit Janet en levant les yeux vers sa mère.

— Ce n'est pas une mauvaise idée, reconnut Deborah.

— *La Reine le veut*[1], dit Tommy en s'inclinant devant sa fille.

---

1. En français dans le texte.

CHAPITRE XVII

DÎNER CHEZ MR. ROBINSON

Les convives venaient de quitter la salle à manger pour passer dans la bibliothèque, où le café allait être servi.

Mr. Robinson, aussi olivâtre et plus énorme encore que Tuppence ne l'avait imaginé, souriait derrière une grande et splendide cafetière George II. Mr. Crispin — qui semblait maintenant répondre au nom de Horsham — était assis à ses côtés. Le colonel Pikeaway avait pris place près de Tommy qui lui offrait en ce moment, non sans une certaine hésitation, une de ses cigarettes.

— Non, merci, dit le colonel. Je ne fume jamais après dîner.

— Comme c'est curieux! murmura Miss Collodon.

Puis, se tournant vers Tuppence :

— Vous avez là un chien bien dressé, Mrs. Beresford.

Hannibal était en effet couché sur le tapis, la tête posée sur le pied de sa maîtresse. Il leva les yeux, d'un air faussement angélique, et agita doucement la queue.

— J'ai cru comprendre qu'il était aussi particulièrement féroce, intervint Mr. Robinson en jetant un regard amusé à Tuppence.

— Il vous aurait fallu le voir à l'œuvre ! dit Mr. Crispin, alias Horsham.

— Mais il sait se bien tenir quand il sort dîner, fit remarquer Mrs. Beresford. Il adore cela, d'ailleurs, car il a ainsi l'impression d'être réellement un chien de prestige qui fréquente la haute société.

Et, s'adressant spécialement à Mr. Robinson :

— Vous avez été vraiment très bon de l'inviter et de lui faire servir un plat de foie. Il en est particulièrement friand.

— Tous les chiens aiment le foie.

Mr. Robinson jeta un coup d'œil à Mr. Horsham et continua :

— Je suppose donc que si je devais rendre visite à Mr. et Mrs. Beresford chez eux, je risquerais de me faire mettre en pièces.

— Il est certain qu'Hannibal prend ses devoirs très au sérieux. C'est un chien de garde bien dressé, et il n'oublie jamais le rôle qu'il a à remplir.

— En tant qu'officier de sécurité, vous devez évidemment comprendre ses sentiments. Et les apprécier.

Robinson décocha un coup d'œil malicieux à Horsham et se tourna à nouveau vers Tuppence.

— Vous avez mené à bien, avec votre mari, une tâche remarquable, Mrs. Beresford, et nous vous sommes grandement redevables. Le colonel Pikeaway m'a expliqué que vous étiez à l'origine de cette enquête.

— Mon Dieu, répondit la vieille dame d'un air gêné, il se trouve que... j'ai fait preuve de curiosité, au départ. Ensuite, j'ai souhaité découvrir certaines choses.

— C'est bien ce que j'avais compris. Et maintenant, peut-être êtes-vous également curieuse de savoir exactement de quoi il retourne.

Tuppence se sentait de plus en plus gênée.

— Bien entendu. Mais je suppose que tout cela doit rester secret et qu'il vaut mieux que nous ne posions pas trop de questions.

— C'est moi qui voudrais vous en poser une, et je serais fort heureux si vous acceptiez de me fournir le renseignement.

Mrs. Beresford ouvrit de grands yeux.

— Je ne puis imaginer...

— Votre mari m'a laissé entendre que vous aviez dressé une liste assez curieuse, mais il ne m'a pas précisé de quoi il s'agissait. Il a eu raison, puisque cette liste est votre propriété personnelle. Mais je sais, moi aussi, ce que c'est que d'être en proie à la curiosité.

Tuppence garda le silence pendant un instant. Puis elle toussota et ouvrit son petit sac à main de soirée.

— Cette liste est absolument stupide, murmura-t-elle. En fait, c'est plus que stupide : c'est insensé.

— « Le monde entier est insensé », déclare Hans Sachs dans les *Maîtres Chanteurs*, mon opéra favori. Et comme il a raison !

Il prit la feuille de papier que lui tendait Mrs. Beresford.

— Vous pouvez la lire à haute voix, si vous le désirez.

Mr. Robinson parcourut la liste des yeux, puis la remit à Mr. Horsham.

— Angus, dit-il, vous avez une voix plus claire que la mienne.

Horsham se mit à lire lentement :

> *La Flèche noire*
> *Marie Jordan n'est pas décédée de mort naturelle*
> *Les tabourets victoriens Oxford et Cambridge*
> *Grin-hen-Lo*
> *Kay-kay*
> *Le ventre de Mathilde*
> *Caïn et Abel*
> *Truelove*

Il s'interrompit et jeta un coup d'œil à Mr. Robinson, lequel tourna la tête vers Tuppence.

— Ma chère Mrs. Beresford, permettez-moi de vous féliciter. Vous avez un esprit qui sort vraiment de l'ordinaire. Partir de ces éléments pour parvenir à vos découvertes finales, cela représente un joli tour de force.

— Tommy m'a beaucoup aidée.

— Parce que tu m'as harcelé, répliqua Tommy.

— Mr. Beresford a effectivement procédé à de nombreuses recherches, confirma le colonel Pikeaway.

— La date du recensement a été pour nous un élément précieux, précisa Tommy.

— En tout cas, vous êtes tous deux remarquablement doués, reprit Mr. Robinson en adressant un sourire à Tuppence. Et je persiste à penser que, bien que n'ayant pas manifesté de curiosité indiscrète, vous souhaitez connaître le fond de l'affaire.

— Allez-vous vraiment nous mettre au courant ? C'est merveilleux.

— Ainsi que vous l'avez deviné, l'affaire a commencé à l'époque des Parkinson. Il y a donc bien longtemps. Mon arrière-grand-mère était d'ailleurs une Parkinson, et c'est par elle que j'ai commencé à apprendre certains détails.

« La jeune fille connue sous le nom de Marie Jordan faisait partie de nos services. Elle était d'origine autrichienne par sa mère, et elle parlait couramment l'allemand.

« Vous savez peut-être déjà que certains documents officiels seront prochainement rendus publics. On a actuellement tendance à penser que si le secret est nécessaire à certaines époques et dans certaines circonstances, il ne doit pas être conservé indéfiniment. Il y a, dans les dossiers, certaines choses que l'on se doit de faire connaître, parce qu'elles font partie de l'histoire de notre pays. Trois ou quatre volumes seront ainsi publiés dans les deux années à venir.

« Ce qui s'est passé dans les parages du *Nid d'hirondelle* — l'ancien nom de votre maison — sera certainement inclus dans ces volumes.

« Il y avait, dans cette affaire, des hommes politiques dotés d'un grand prestige et en qui tout le monde avait confiance ; deux ou trois journalistes éminents qui avaient une énorme influence et l'employaient imprudemment ; des personnages qui, avant même la première guerre mondiale, intriguaient contre leur propre pays.

« Avant la dernière guerre, nous avons vu des jeunes gens sortis des universités qui étaient, à l'insu de tous, de fervents partisans et même des membres actifs du parti communiste. Et, pis encore, le nazisme gagnait du terrain, avec un programme qui prévoyait une alliance éventuelle avec Hitler, lequel était présenté comme un ami de la paix.

« Ces choses-là s'étaient déjà produites, au cours

de l'histoire, et elles se reproduiront sans aucun doute : une Cinquième Colonne à la fois active et dangereuse, dirigée par ceux qui croient en elle, mais aussi par ceux qui cherchent un gain substantiel ou visent à s'emparer du pouvoir dans un avenir plus ou moins proche. On a souvent entendu prononcer de bonne foi des paroles dans le genre de celles-ci : « Le vieux B..., un traître ? Allons donc. Il est absolument digne de confiance, et il serait le dernier au monde susceptible de trahir. »

« C'est toujours la même vieille histoire. Dans le monde du commerce, au service de l'Etat, dans la vie politique proprement dite, il y a constamment un homme au visage honnête, un personnage que l'on ne peut s'empêcher d'aimer et d'honorer de sa confiance. Le dernier au monde, etc.

« Le village dans lequel vous vous êtes fixés, vous et votre mari, Mrs. Beresford, était devenu, juste avant la première guerre mondiale, le quartier général d'un certain groupement. C'était une vieille localité paisible, habitée par des gens qui y avaient toujours vécu et dont beaucoup travaillaient au port, c'est-à-dire pour l'Armée. Il y avait là un officier de marine issu d'une excellente famille et dont le père avait été amiral, un médecin fort compétent et aimé de tous ses malades qui lui confiaient volontiers leurs problèmes. Personne ne savait, naturellement, qu'il était spécialiste de la guerre chimique, et plus spécialement des gaz de combat.

« Plus tard, avant la seconde guerre, un certain Kaine habitait une ravissante maisonnette au toit de chaume située à proximité du port, et il avait un credo politique bien précis. Il n'était pas nazi, grand Dieu, non ! Il s'en défendait énergiquement. Il ne voulait que la paix avant toute chose. Hélas, ce credo allait gagner rapidement du terrain dans de nombreux pays du continent.

« Rien de tout cela n'est exactement ce que vous désirez savoir, Mrs. Beresford. Je m'en rends parfaitement compte, mais il nous faut d'abord jeter un coup d'œil sur l'ensemble des choses ; un ensemble soigneusement mis au point.

« C'est donc là, dans cette paisible petite localité de Holloquay, que Marie Jordan fut envoyée en mission, afin d'essayer de découvrir ce qui se tramait. Son vrai nom de baptême était Marie, bien qu'on l'appelât presque toujours Molly. Bien entendu, je ne l'ai pas connue personnellement, étant donné que je n'étais pas encore né quand elle est morte. Mais, en compulsant les dossiers de cette époque, j'ai profondément admiré le travail qu'elle avait fait pour nous. Et j'aurais aimé la connaître, car elle avait incontestablement du caractère et une personnalité exceptionnelle. Sa mort prématurée fut un véritable drame.

Pendant que parlait Mr. Robinson, Tuppence avait levé les yeux vers un portrait accroché au mur. C'était une simple esquisse de la tête d'un jeune garçon.

— C'est Alexandre Parkinson, expliqua Mr. Robinson, âgé de douze ans. C'était le petit-fils de l'une de mes grand-tantes. Molly était entrée chez les Parkinson pour remplir les fonctions de gouvernante. Cela semblait un poste d'observation sûr. On n'aurait jamais pensé que... que les choses pussent se terminer d'une manière aussi tragique.

— Le coupable n'était pas un Parkinson, cependant ?

— Oh non ! Les Parkinson n'étaient en aucune façon compromis dans cette affaire. Mais il y avait d'autres personnes — des amis, des invités — qui avaient passé cette nuit-là dans la maison. C'est votre mari qui a découvert qu'un recensement avait eu lieu au cours de cette journée. En conséquence, les noms de toutes les personnes présentes ce soir-là devaient être portés sur les listes officielles, en même temps que ceux des occupants habituels de la maison. Or, le nom d'une de ces personnes apparaît comme assez significatif : celui de la fille du médecin dont je vous ai parlé tout à l'heure. Elle était venue rendre visite à son père, ainsi qu'elle le faisait souvent, et elle avait demandé aux Parkinson de la loger cette nuit-là, étant donné qu'elle avait amené deux amies avec elle. Ses amies n'avaient évidemment rien à se reprocher. Par contre, on s'aperçut beaucoup plus tard que son père était gravement compromis dans les événements qui se déroulaient dans cette partie de l'Angleterre.

« La jeune fille elle-même avait, semble-t-il, quelques semaines auparavant, aidé les Parkinson à effectuer de menus travaux de jardinage, et c'était elle qui s'était arrangée pour semer de la digitale à proximité des épinards et de l'oseille. Elle, aussi, qui avait, en cette fatale journée, apporté à la cuisine les herbes incriminées. L'intoxication des convives fut attribuée à l'une de ces regrettables erreurs qui se produisent parfois. Lors de l'enquête sur le décès de Marie Jordan, le médecin expliqua qu'il s'était déjà trouvé en présence d'un cas analogue, et son témoignage fit rendre un verdict de mort accidentelle. Le fait qu'un verre à cocktail avait été brisé dans le salon le soir de la mort de la jeune fille n'attira l'attention de personne.

« Peut-être, Mrs. Beresford, vous intéressera-t-il de savoir que l'histoire, une fois de plus, aurait pu se répéter. En effet, on a récemment tiré sur vous dans votre propre jardin et, quelques jours plus tard, la femme qui se faisait appeler Miss Mullins a versé du poison dans votre tasse. Le compte rendu d'analyse ne laisse pas le moindre doute à ce sujet. J'ai appris, grâce à l'enquête menée par notre ami Mr. Horsham, que cette femme est l'arrière-petite-nièce du médecin dont nous avons parlé et que, avant la dernière guerre, c'était une fervente disciple de Jonathan Kaine. C'est la raison pour laquelle Mr. Horsham la connaissait déjà.

« Il nous faut maintenant examiner un personnage plus sinistre encore : ce bon et bienveillant docteur, qui était aimé de tous, mais qui, semble-t-il, fut le responsable direct de la mort de Marie Jordan. Il s'intéressait passionnément à la science, avait une connaissance approfondie des poisons et effectuait des recherches de laboratoire sur la bactériologie. Il a fallu soixante ans pour que l'on se rende compte de ces faits. A l'époque, seul le petit Alexandre Parkinson avait éprouvé des soupçons.

— Etait-ce le docteur qui avait découvert le rôle de Marie jordan ?

— Non. Il ne s'était douté de rien jusque-là, car Molly était adroite et avait remarquablement su mener sa barque. Le capitaine de frégate avait travaillé avec elle, comme prévu, les renseignements qu'elle lui avait communiqués étaient authentiques, mais il ne s'était pas rendu compte qu'ils étaient absolument sans valeur, contrairement à ce qu'elle lui avait laissé entendre. Quant aux plans qu'il lui remettait, elle les apportait à Londres, lors de ses journées de liberté, suivant les instructions reçues. Les rendez-vous avaient lieu à Regent's Park ou à Kensington Gardens. Mais tout cela est bien loin, Mrs. Beresford. Bien loin dans le passé.

Le colonel Pikeaway toussota et prit soudain la parole.

— Néanmoins, l'histoire se répète. Tout le monde s'en rend compte tôt ou tard. Un petit noyau s'était récemment reformé à Holloquay, et c'est ce qui explique le retour de Miss Mullins. Certaines cachettes avaient été réutilisées, des rendez-vous secrets avaient eu lieu. Une fois de plus, l'argent a joué son rôle. Mais d'où vient-il et où va-t-il ? On a encore fait appel aux compétences de Mr. Robinson pour essayer de le découvrir. Puis notre vieil ami Beresford est venu me voir, porteur de quelques renseignements qui confirmaient ce que nous soupçonnions déjà. Un projet avait été mis au point, afin de préparer un avenir contrôlé et dirigé par un homme politique bien connu. Un homme qui possède une grosse influence et fait chaque jour de nouveaux adeptes. Un homme d'une grande intégrité ! Un fervent partisan de la paix, lui aussi ! La paix pour tous et les récompenses financières pour ceux qui coopèrent.

Tuppence ouvrait de grands yeux remplis d'étonnement.

— Devons-nous comprendre que tout cela continue ?

— Certes. Mais nous savons à peu près ce que nous voulions savoir. En partie grâce à votre contribution et à celle de votre mari. Une certaine opération de nature chirurgicale a été particulièrement instructive.

— Mathilde ! s'écria Tuppence. J'en suis bien aise. Je peux à peine le croire.

— C'est extraordinaire, les chevaux, poursuivit le colonel. On ne sait jamais ce qu'ils vont faire, ce qu'ils ont dans la tête. Ou dans le ventre. Et cela, depuis l'époque du cheval de Troie.

— J'imagine que Truelove a été utile, également. Mais si cette affaire n'est pas vraiment terminée, avec les enfants que nous avons maintenant à la maison...

— Ne vous inquiétez pas, Mrs. Beresford, intervint Mr. Horsham. Le coin a été purifié, et le nid de guêpes déserté. On peut à nouveau vivre en paix, à Holloquay. Nous avons des raisons de croire que ces gens se sont transportés dans le voisinage de Bury St. D'ailleurs, nous veillerons sur vous. De sorte que vous n'avez rien à craindre.

Tuppence poussa un soupir de soulagement.

— Je vous remercie de m'avoir rassurée. Voyez-vous, notre fille Deborah est venue passer quelque temps chez nous avec ses enfants...

— Soyez sans crainte, Mrs. Beresford, reprit Mr. Robinson. A propos, après cette affaire *N ou M*, dont vous vous êtes occupés, n'avez-vous pas adopté une fillette — celle qui possédait tous ces livres de poésies enfantines[1] ?

— Betty ? Oui, bien sûr. Elle a très bien réussi à l'université et elle est ensuite partie pour l'Afrique, où elle effectue des recherches sur les mœurs et les coutumes des indigènes, sur l'habitat et autres sujets du même ordre. Beaucoup de jeunes s'intéressent

---

1. Cf. *N. ou M ?*

actuellement à ces questions. C'est vraiment un amour, notre petite Betty.

Mr. Robinson s'éclaircit la voix et se leva.

— Je propose de porter un toast, dit-il, à Mr. et Mrs. Beresford, en reconnaissance des services qu'ils ont rendus à notre pays.

Chacun but avec enthousiasme.

— Et, si vous le permettez, un second toast... à Hannibal.

Tuppence se pencha un peu pour caresser la tête du petit chien.

— Eh bien, tu vois, Hannibal, on aura bu en ton honneur. Crois-moi, cela vaut presque autant que d'être fait chevalier ou de recevoir une médaille.

— Hannibal, dit Mr. Robinson, puis-je me permettre de te taper sur l'épaule ?

Le petit terrier se leva et avança de quelques pas en agitant la queue.

— Je te fais comte de ce royaume, dit Mr. Robinson en lui tapotant légèrement l'épaule.

— Le comte Hannibal ! s'écria Tuppence. N'est-ce pas merveilleux ? Tu devrais être fier, mon toutou.

Composition réalisée par JOUVE

IMPRIMÉ EN FRANCE PAR BRODARD ET TAUPIN
La Flèche (Sarthe).
Imp. : 26494 – Edit. : 52980 - 12/2004
LIBRAIRIE GÉNÉRALE FRANÇAISE – 31, rue de Fleurus – 75278 Paris cedex 06.
ISBN : 2- 7024 - 1468 - 0
ISSN : 0768 - 0384
Édition : 14

♦ 31/0635/8